我們

Мы

尤金・薩米爾欽——著
殷杲——譯

Golden Age 18

我們

反烏托邦三部曲・全新譯本
【精裝典藏｜暢銷二版】

作者　尤金・薩米爾欽
譯者　殷杲

野人文化股份有限公司

社長　張瑩瑩
總編輯　蔡麗真
副主編　徐子涵
責任編輯　簡欣彥
協力編輯　楊意萍
助理編輯　余文馨
校對　八*
行銷企劃　林麗紅
封面設計　井十二設計研究室
內頁排版　綠貝殼資訊有限公司、洪素貞

出版　野人文化股份有限公司
發行　遠足文化事業股份有限公司（讀書共和國出版集團）
地址：231新北市新店區民權路108-2號9樓
電話：（02）2218-1417　傳真：（02）8667-1065
電子信箱：service@bookrep.com.tw
網址：www.bookrep.com.tw
郵撥帳號：19504465遠足文化事業股份有限公司
客服專線：0800-221-029
法律顧問　華洋法律事務所　蘇文生律師
印製　凱林彩印股份有限公司
初版首刷　2014年11月
二版首刷　2021年09月
二版4刷　2023年06月

ISBN：978-986-384-575-1（精裝）
ISBN：978-986-384-578-2（EPUB）
ISBN：978-986-384-581-2（PDF）

本著作物經廈門墨客智慧財產權代理有限公司代理，由灕江出版社有限公司授權野人文化股份有限公司在臺灣、香港、澳門地區出版、發行中文繁體字版。

國家圖書館出版品預行編目資料

我們：反烏托邦三部曲. 1/ 尤金. 薩米爾欽著；殷杲譯. -- 二版. -- 新北市：野人文化股份有限公司出版：遠足文化事業股份有限公司發行，2021.09
面；公分. -- (Golden age ; 4018)
精裝典藏版
譯自：Мы
ISBN 978-986-384-575-1(精裝)

880.57　　110013214

野人文化官方網頁　野人文化讀者回函

我們

線上讀者回函專用 QR CODE，
你的寶貴意見，將是我們進步的最大動力。

目錄

譯序 007
筆記之一 通知 最睿智的直線 一首詩 013
筆記之二 芭蕾 和諧廣場 X 016
筆記之三 外套 牆 時間表 023
筆記之四 用氣壓計的野人 癲癇症 假如 029
筆記之五 方塊 統治世界的因素 一種宜人、有用的功能 034
筆記之六 事故 該死的「很清楚」 二十四小時 038
筆記之七 一根睫毛 泰勒 天仙子和鈴蘭 046
筆記之八 一個無理根 R-13號 三角形 053

筆記之九　禮拜儀式　抑揚格　鑄鐵之手　059
筆記之十　一封信　小耳朵　毛茸茸的我　064
筆記之十一　不，我做不到；沒有標題就沒有標題吧！　073
筆記之十二　為無限定界　天使　對詩歌的冥想　079
筆記之十三　大霧　爾　一場無比荒謬的冒險　084
筆記之十四　「我的」　不可能　冰冷的地板　091
筆記之十五　氣鐘罩　鏡面般的大海　我將永受燒灼之苦　095
筆記之十六　黃色　扁平的影子　無可救藥的靈魂　101
筆記之十七　透過玻璃　我死矣　走廊　108
筆記之十八　邏輯廢墟　傷口和藥膏　再也不會　116
筆記之十九　第三級的「無限小」　額頭下　翻過欄杆　123
筆記之二十　放電　思想的材料　零號岩石　130
筆記之二十一　作者的責任　冰膨脹著　最難做到的愛　134
筆記之二十二　凝固的波浪　一切都在進步　我是一個細菌　140
筆記之二十三　花　晶體溶解　只要（？）　145
筆記之二十四　函數的值域　復活節　劃掉一切　151
筆記之二十五　天降儀式　史上最大的一場災難　已知——已不復存在　156

筆記之二十六　世界的確存在　疹子　41℃　164
筆記之二十七　沒有標題了。匪夷所思！　169
筆記之二十八　她倆　熵和能　不透明的身體　176
筆記之二十九　黏上臉的線條　芽　一種不自然的收縮　185
筆記之三十　最後一個數字　伽利略的錯誤　這樣不是更好嗎？　189
筆記之三十一　偉大的手術　我什麼都原諒了她　相撞的火車　194
筆記之三十二　我不相信　機器　小人影　203
筆記之三十三　匆匆忙忙　最後記一筆　白天　210
筆記之三十四　得到寬宥的人　陽光燦爛的夜晚　無線電女神　212
筆記之三十五　在環裡　胡蘿蔔　一場謀殺　221
筆記之三十六　紙張的空白　基督教上帝　我的母親　228
筆記之三十七　纖毛蟲　災難日　她的房間　233
筆記之三十八　不知道該用什麼做標題——不妨就叫一截被扔掉的菸頭吧　238
筆記之三十九　結局　241
筆記之四十　事實　氣鐘罩　我堅信　247

譯序

說到《我們》，彷彿成了慣例，必定要先拋出這句話將它定位正名：二十世紀三大反烏托邦作品，正是尤金・薩米爾欽（俄國）的《我們》（一九二〇／一九二四）、阿道斯・赫胥黎（英國）的《美麗新世界》（一九三二）和喬治・歐威爾（英國）的《一九八四》（一九四九）。

這三部書中，論名氣以歐威爾的《一九八四》最大，但是要論及首開這一派作品之先河者，則非寫於一九二〇年、正式出版於一九二四年的《我們》莫屬。據稱，赫胥黎和歐威爾創作出自己的反烏托邦作品時，或多或少都受了《我們》的影響。歐威爾還親自撰有對《我們》的評論一篇，稱其為「焚書年代裡的文學奇品之一」。然而，倘若以書比人，用俗話來講，《我們》在這三部作品中，就屬於那類「命不順」者，甫一成書便一路磕磕絆絆，勉強出版後還長年到處遭禁，直至人類思想已經日益全球化，政治氣氛已相對不那麼濃郁的今天，它的名氣還是比不上由它一手扶持起來的兩個小弟弟來得響。

不過，現在看來，《我們》反而似乎因此籠上一層神祕感，頗有點傳奇小說主人公一波三折終成正果的氣質。它傳奇的出版歷程、它的作者薩米爾欽的獨特個性和因特殊時代中斷的創作之路，都成了作品之外一則華麗幽暗的註腳，為作家津津樂道，令讀者掩卷驚嘆。

俄國作家尤金·薩米爾欽生於一八八四年。此君從小就有種種驚人之舉。據他寫給《我們》英譯者的一封自我介紹信中透露，學生時代，他學校附近瘋狗甚多。某日，「有條瘋狗咬了我的腿。那時，我喜歡對自己做各種各樣的實驗，我決心等著瞧，看看自己會不會得狂犬病，最重要的是，我非常好奇：狂犬病發作時（咬傷兩週後），會有什麼感覺？結果我各種感覺都體驗到了，可是兩個禮拜之後卻發現自己並沒有得狂犬病」。

在學校裡，他作文總得A+，但數學不好。為了挑戰自我，畢業後他特地選擇了最富數學性的職業，成了名造船工程師。據說，他日後在這個專業上頗有建樹，蘇聯當年最大的破冰船「列寧」號裡就有他的貢獻。一九一一年，他發表了第一篇諷刺小說，因此備受鼓勵，造船之餘亦不忘繼續圓文學之夢。受沙皇祕密員警的驅逐，他被迫從大城市彼得格勒移居荒僻小鎮，流亡期間繼續寫作。一戰期間又輾轉到了英國。

一九一七年，俄國十月革命爆發。他「穿著救生衣，關掉一切燈光，從德國潛艇邊駛過，回到彼得堡」。由於不曾親自參加革命而直接回到革命勝利的祖國，他「感覺自己像個從來不曾陷入戀愛的人，一天早晨醒來突然發覺已經結婚十年」。

就像任何優秀的諷刺作家一樣，薩米爾欽愛恨分明，勇於堅守信念、針砭時弊。他在革命勝利的蘇俄繼續撰寫短篇諷刺小說和劇本，大膽指出政府種種弊端，漸漸引起當局不滿。一九二〇年，他創作出重要作品《我們》。

像許多具有超前意識的大膽作品一樣，《我們》在蘇俄遭到禁止出版的命運。直到西元一九二四年，它才轉譯為英文，在美國第一次出版。一九二九年，它又以俄文在國外出版，出版商為保護薩米爾欽，特意謊稱該書是從捷克語轉譯為俄語的（捷克語版的《我們》也於同一時間出版），還煞費苦心地改動書中幾處地方。怎奈《我們》儘管在蘇聯沒有正式出版，卻早已以手稿形式在評論家手中流傳，所以這個嘗試沒有成功，《我們》的作者被認出，薩米爾欽遭到蘇聯主流文學界的大肆批判和攻擊。更甚者，薩米爾欽在蘇聯從此遭到「封口」厄運，與出版社和讀者的一切連繫都被切斷。

一九三一年六月，萬般無奈的薩米爾欽致函史達林，自陳目前國內禁止他從事創作的做法，對他來說無異於判處他死刑。因此他無法在國內待下去，請求領袖批准出國。不知為何，這封飽含書生氣息的信函並沒有使史達林暴跳如雷，而是居然真的使薩米爾欽弄到出國許可。（據說，幕後幫了薩米爾欽一把的正是當時蘇聯德高望重的作家高爾基，高氏素來愛憐薩米爾欽的才華，此番挺身而出，幫他跟史達林求了情。）

從此薩米爾欽流亡歐洲，最終定居巴黎。遺憾的是，與故土分離，等於脫離了一個巨大的創作源泉。薩米爾欽再也沒有創作出什麼超越《我們》的作品。薩米爾欽晚年酷愛音樂，尤其是穆索爾斯基的作品。一九三七年三月，薩米爾欽在穆索爾斯基的歌劇《伯里斯．戈都諾夫》陪伴下客死巴黎。

談《我們》

作為第一部反烏托邦作品，《我們》針對的是極權主義的種種弊端。全書採用筆記形式，假借一個生活在未來世界中的模範公民之口，虛擬一個高度數位化、集中統一管理的「聯眾國」中各色人等的生活和心態。

在這個攀上「人類文明最高峰」的聯眾國，所有公民一律被冠以數字為名。主人公便叫「D－503號」。D－503號是一名聯眾國培養成人的數學家，他對聯眾國滿懷忠誠，特地記起筆記，想藉之讚頌威哉壯哉的聯眾國。

怎料，聯眾國再發達的文明，也仍舊奈何不了殘留的人性。某個美豔動人的女性I－330號突然出現，完全震撼了D－503號的純潔心靈。在I－330號引誘下，D－503號一步步解放本性，從作品開始時恨不能化身為機器的極端忠誠分子，漸漸轉變為有恨有愛、有血有肉有「靈魂」的凡人。不過，故事遠沒有這麼簡單。I－330號之所以接近D－503號，自有她的祕密計畫。這則政治寓言的結局出乎意料、震撼人心。

諷刺幽默高手薩米爾欽在書中時不時埋下笑點，令觀者啞然失笑。然而在因離奇的場景和似是而非的搞笑邏輯樂不可支的同時，我們又會禁不住發出嘆息，因為這些笑料處處直指人性的弱點，是從古到今都是最高明的幽默，即所謂「含淚的幽默」的永恆主題。薩米爾欽的諷刺風格，從他最愛引用的一句格言可見一斑：「不妨教會人們，對蠢行和暴怒與其加以仇恨，不如加以嘲笑。」

作品如此獨特的藝術魅力，自然要歸功於作者的天賦。諷刺作家的天性就是超脫現實，再痛苦、再絕望，也要做到事不關己、淚中帶笑。薩米爾欽就是這樣一個擅長冷靜地分析荒謬現實的作者。根據俄語版《我們》的出版商記載，薩米爾欽是一名高超的諷刺幽默大師。他思想犀利，語言詼諧，更難得的是他低調做人，心態平靜，哪怕一針見血地指出問題重點時也從來不曾失去平淡冷靜的超然語氣。「如此個性，天生就是對體制和慣例的威脅。他是一位紳士、一名卓爾不群的藝術家、一個無畏的思想者。」薩米爾欽的風采決定了他在任何極權體制中都不可能有容身之處，沙皇和布爾什維克都曾經抓他入獄，巧的是兩次監禁地點均在同一家監獄的同一個牢區。

針砭時弊的睿智頭腦遇上專制又荒謬的體制，既是不幸又是件幸事：不幸的是作者被體制碾壓，終於不敵而逃、鬱鬱度過餘生；幸運的是這兩者之間的衝突產生的作品——《我們》的出現。薩米爾欽本人對《我們》的評價是，「我所創作過的最滑稽、最真切的一部作品」。我很榮幸能有機會把這部標誌著一個天才的被扼殺史譯介給大家，更希望能借助這次機會，讓更多讀者注意到薩米爾欽其人、其作品。

譯者二〇一二年十二月於南京

筆記之一

通知
最睿智的直線
一首詩

以下是刊於今晨《聯眾國報》上的一段原文：

再過一百二十天，「積分號」就將竣工。它首度飛進茫茫太空的偉大歷史時刻已指日可待！一千年以前，你們有如英雄的祖先在這片土地上創建了偉大的聯眾國。時至今日，你們面臨的任務更為輝煌光榮：透過玻璃建造、電流驅動、噴吐熊熊火焰的「積分號」，聯同未知的宇宙方程式。

其他星球上的生命或許仍處在原始愚昧的自由狀態，你們的任務，就是幫這些尚不知曉的生命套上令人歡欣愉悅的邏輯枷鎖。我們給他們送去的，實則是一種數學般精確無瑕的幸福，若是他們尚且無力領悟這一點，那麼我們的任務便是強迫他們接受這種幸福。不過，在使用武力之前，我們應該首先嘗試語言的力量。

故此，茲以無所不能者之名，向聯眾國所有號碼發布以下通知：

一切有能力之人，都應當視撰寫論文、詩篇、宣言、頌歌等等文章讚頌我威哉壯哉之聯眾國爲理所當然之己任。

這些文章便是「積分號」將要運載的首批物品。

聯眾國萬歲！眾號碼萬歲！無所不能者萬歲！

我邊抄錄這段新聞，邊感覺雙頰激動得燒灼。聯同彌天蓋地之宇宙方程式！解放野蠻的曲線，讓它繃直為一條直線——就像聯眾國這樣的直線，一條漫長、神聖、精確、英明的直線，最睿智的一條直線！我，D-503號，是「積分號」的建造者。我只是聯眾國許多數學家中的一名。我的筆向來習慣和數字打交道，想靠它描述我們和諧整齊的進軍節奏，未免有點力不從心。因此我決定僅僅記錄我所看到、想到的事物，或者更精確地講，毋寧說是我們所看到、想到的事物。是的，「我們」；這才是我要表達的意思。那麼就用《我們》作為這份筆記的標題吧。《我們》將忠實記錄我們在聯眾國的數學式完美生活。如果能做到這點，那麼哪怕我筆力不逮，這份紀錄本身難道不就已是一首詩了嗎？是的，我對這一點確信無虞。

我寫這段話時，雙頰仍舊激動得發燙。我彷彿體會到女人察覺體內幼小混沌的胎兒第一次脈動的心情。這「胎兒」既像我又不是我。我必須花上漫長的幾個月，用我的生命、我的血液來培育它，然後忍著鑽心劇痛將它從體內撕扯出來，獻到聯眾國腳下。

我像所有人，或者說幾乎所有人一樣，已經準備好了，鬥志昂揚。

筆記之二

芭蕾
和諧廣場
X

春天降臨。風從綠牆外哪個不知名原野吹來，攜來甜香的黃色花粉。這種一伸舌便能舔到的甜蜜花粉，弄得我們的嘴唇乾巴巴的。今天，我在街頭邂逅的所有女性（當然還有男性）必定都有著甜蜜的雙唇。這個想法有點干擾我的邏輯思考。不過看這天空！只見它一片湛藍，萬里無雲（古人的審美趣味多麼原始，他們的詩人成天從那些毫無意義、無形無狀、可笑地一晃而過的水蒸汽聚合體中尋得靈感！）。我只熱愛——我甚至可以說，我們只熱愛——今天這樣的天空：空蕩蕩，毫無瑕疵。這樣的天氣裡，整個宇宙彷彿像綠牆以及像我們所有建築一樣，都是由耐久玻璃鑄成的。這樣的天氣裡，我們彷彿能洞悉迄今為止還未能把握的美妙方程式。我們在所有事物中都能看出這些方程式，哪怕從最普通、平凡不過的事物中也能找到影蹤。

請看下述例證：今天早晨，我站在「積分號」製造臺上，打量著車床。調節器的小球兒機械式地無限迴圈著，發亮的曲柄來回轉動，搖桿自豪地晃動肩膀，機器上的鑿子跳動著，彷彿和著無聲的塔蘭臺拉舞曲①跳著舞。電光石火之間，我突然領悟到這個沐浴在淡藍色陽光中的龐然大物、這場機械芭蕾表達出的美妙音樂和難以言喻的美。於是一個問題自然湧上心頭：這美從何而來？這場舞蹈為何如此美妙？答案：因為這乃是一種不自由的行動。這場舞蹈的深刻意義在於對理想的非自由狀態毫無保留、心醉神迷的臣服。假如說我們的祖先在一生中最開竅的那些時刻，果真曾經沉浸在忘乎所以的舞蹈（神祕的宗教儀式、軍隊行進等等）中，那麼我們只能從中得出一個結論：非自由的本能自遠古時代以來就包含在人性中，今天的我們只不過學會有意識地……

我的寫作被迫中斷，聯絡機發出噠噠聲。我翻了翻白眼——O-90號，還能是誰！再過半分鐘，她就要來接我去散步。

親愛的O！我總覺得她人如其名，就像一個O的形狀。她比規定的母性標準矮了大約十公分，

① 塔蘭臺拉舞曲：義大利南邊的一種民間舞曲，起源於被毒蜘蛛咬傷後，須跳起這種劇烈的舞蹈才能解毒。

因此，她全身上下都顯得圓乎乎的，不管我說什麼，她都把玫瑰色雙脣張開成O形作答。她手腕上有一個圓圓的、柔軟的小渦。一般只有小孩才會有這樣的小渦。她走進來時，富有邏輯感的調速輪仍舊在我腦海中嗡嗡迴響，我順著它的慣性節奏和她談起了我的新公式。新公式讚頌機器、舞者以及我們的一切。

「真是美妙絕倫，不是嗎？」我問。

「是啊，棒極了……春天啊！」她柔媚地微笑著。

你瞧，春天！她居然談起春天！女人吶！……我無話可說。

我們沿著大街散步。街上人頭攢動，今天這種天氣好的日子，下午的個人時間通常都花在額外的散步。巨大的音樂塔一如既往，高奏著《聯眾國進行曲》。成千上萬號碼們都穿著淺藍色制服（這也許是從古代的制服發展而來的），胸前掛著金色胸章——上面印著他們的聯眾國男性或者女性號碼——大家四人一排四人一排地緩緩踱步，情緒高昂、步伐整齊。我，或者說我們四個人，只是一股巨大潮流中數不完的浪花之一：我左側是O-90號（如果是我哪位曾留著長髮的祖先在一千年以前寫這份筆記，他說不定會用那個好笑的詞「我的」稱呼她）；我右邊是兩個陌生號碼，一個是女性號碼，另一個是男性號碼。

天空是如琉璃瓦一般的藍色，我們的胸章上映出無數小小的太陽，我們的臉上驅除了一切愚昧思想的陰影。陽光一片明媚……你能想像這一幕嗎？所有東西彷彿都是由微笑、由某種陽光般通徹的物質構成。銅管樂打著拍子：特兒噠噠噠……特兒噠噠噠……我們在陽光中和著燦爛輝煌的銅管樂節拍前進，腳步朝向眩目晴空越邁越高，就像早晨在製造臺上看到的機械一樣。我打量眼前的事物，再度有第一次見到它們的感覺：完美無瑕的筆直街道，人行道上閃閃發亮的玻璃路面，神聖的平行六面體式樣的透明住所，和一排排灰藍色號碼們組成的方方正正的隊伍。彷彿並不是過去的幾代人，而是我自己，贏得了這場針對舊神靈和舊生活的戰鬥，是我自己，創造了這一切。我感覺自己像一座塔：我屏息靜氣，不敢挪動手肘分毫，彷彿一動便將牽動四周的牆壁、穹頂和機器全部一併轟然倒塌，摔個粉碎。

突然間，思緒掠過幾個世紀的歷史，我想起（顯然是對比聯想的結果）在博物館裡看到的一幕景象：一幅在二十世紀的照片上的一條街道，街上充斥著雜亂無章、五顏六色的人群，汽車、動物、看板、樹木、色彩和鳥兒……據說，這一切的確曾經存在！

我覺得這實在不可思議、荒誕無比。想到這，我忍不住笑出了聲。突然我右邊也傳來一聲輕笑，好像是我笑聲的回音。我轉過頭，看到一排潔白尖利的小牙齒和一張陌生女人的臉龐。

「請見諒，」她說，「不過剛才你像傳說中的上帝在第七個創造日那樣，激動地環顧四周，好像連我也正是由你親手創造出來一般，這可真讓我感到榮幸。」

她說這些話時一臉嚴肅，甚至還表現出一絲尊敬（也許她知道我是「積分號」的建造者）。不過，她眼底眉間有一個奇怪的X，讓我有點心煩，我辨別不出它是什麼，也無法用數學表達。不知怎地，我感到不知所措。儘管頭腦有點兒發暈，但我還是竭力為剛才的笑聲找到符合邏輯的解釋。

「今天的事物和多年前的顯然有著天壤之別，當中橫亙著不可跨越的深淵……」

「為什麼說不可跨越呢？」（多麼潔白尖利的小牙齒啊！）「我們也許可以在深淵上搭座橋梁

啊，想想看吧：和著鼓點行進的軍隊，成排的隊伍，這一切在古代都出現過，所以說……」

「哦！沒錯，的確如此。」我失聲驚呼。

真是英雄所見略同，她說的幾乎就是我在這場散步之前寫下的話語！「你明白嗎？甚至連思維也一模一樣！這是因為已經沒有哪個人是個體，我們都已是整體之一。我們彼此都如此相像……」

「你肯定嗎？」我注意到她的眉尾高高地挑起，連到鬢角的位置——宛如字母X上半部分的那兩道線。我又有點不知所措了，不由得朝左看看，又向右看看。右側站著她——苗條、高䠷，像條鞭子一樣靈活、渾身充滿韌性，她是I-330號（我終於看到她的胸章）。左邊是O，她完全是另一種類型，全身上下珠圓玉潤，手腕上還有小孩般的小渦；我們這排最末端是一個陌生的男性號碼。他上下佝僂，恰如S字母的形狀。我們這幾個人可說是完全截然不同……

右邊的I-330號顯然看出我眼中的困惑，嘆息著感慨道：「是啊，唉！」

我不否認這聲嘆息正是我的心裡話，可是，不知是因為她的表情還是聲調，總有點什麼不對勁的地方……

我一反習慣，突兀地問：「為什麼說『唉』？科學在進步，即使不是在現在，在五十到一百年之內……」

「到那時連鼻子也會……」

「是啊，鼻子！」這次我幾乎喊了起來：「不管怎樣，現在仍舊存在妒忌的理由，比如有的鼻子像鈕扣一樣扁平，別的鼻子卻……」

「是啊，說到鼻子，用古代的說法來講，你的鼻子長得挺古典的，不過你的手……不，別這樣，給我看看你的手嘛！」

我討厭別人盯著我的手看；它們覆蓋著濃密的汗毛——愚蠢的返祖現象。我伸出手臂，盡可能假裝漫不經心地評論，「像猿猴一樣。」

她研究了一會兒我的手臂，又看看我的臉。「沒這回事，很獨特，和臉挺搭的。」她用眼睛掃視我一番，好似在用天平掂量我的分量，眉梢又高高挑起。

「他登記在我名下了。」O-90號甜蜜地微笑著，突然插了句話。

我皺了皺眉。嚴格地說，她有點思維混亂。這個親愛的O，我該怎麼說她呢？她舌頭的速度沒有得到正確計算，她舌頭動作的速度應當比思維慢半拍才好——可是偏偏反了過來。

街道盡頭，蓄電塔上的大鐘隆隆敲打出十七點的鐘聲。個人時間宣告結束。I-330號和S形狀的男性號碼一起走開。那個男性號碼的面孔令人肅然起敬，我覺得有點熟悉。我一定在哪裡遇到過他，不過現在怎麼也想不起來是哪兒了。I-330號一邊轉身離開，一邊用剛才那種X風格的微笑告別道：

「後天到一一二號禮堂來找我。」

我聳聳肩：「如果我被分配到你說的這個禮堂的話……」她以難以理喻的口吻不容分說地宣布：「你會的。」

這女人使我感到不安，就像一個方程式中出現一個干擾因素，你卻無法消除它。我很高興能和親愛的O單獨留下，哪怕只待上一小會。我和她手牽手穿過四條大街後，在下一個路口，她就得朝右拐，我朝左走。O溫順地抬起水晶般清澈的、圓圓的藍眼睛。

「今天我真想到你那去，拉下窗簾，就今天，就現在……」

她真可笑。不過，我能對她說什麼呢？她昨天才和我一起待過，她非常清楚我們的下一個性日是在後天。這無非是一個證明她的思維有時候又會躥得過快的例子。就像有時候發動機還沒打著，火花卻先迸出來。

分手時，我在她清澈透明、沒有一絲陰影遮蔽、美麗的藍眼睛上，吻了兩次——不，我應當精確一點，實際上吻了三次。

筆記之三

外套
牆
時間表

我瀏覽了昨天的筆記，發覺我的描述不夠清楚。雖然，對我們而言，這一切都記錄得夠清楚了，不過，誰知道我的「積分號」將來會把這些筆記運載到哪裡呢？也許，你們像我們的祖先一樣，對偉大的文明之書只閱讀到九百年前的那一頁；也許，連這些基本的事物，比如時間表、個人時間、母性標準、綠牆、無所不能者等等，在你們看來都覺得莫名其妙。我覺得要解釋這些理所當然的事情挺滑稽的，不過這些雖然對我來說是司空見慣，但要解釋清楚也並非易事。這就好像二十世紀一位作家在小說裡得一一解釋清楚諸如外套、公寓、妻子等等事物的含義一樣困難。可是，要是他的小說是要翻譯給原始人看的，他哪能不解釋清楚外套的含義呢？我相信看到外套的原始人會思忖，「這是做什麼用的？這只是種毫無用途的負擔嘛。」我相信，如果我告訴你，從兩百年戰爭結束之後，我們當中就沒有人跨出過綠牆，你一定也會有當原始人看到外套時一樣的感受。

不過，親愛的讀者們，你們至少得試著做番想像，這對你們將不無好處。根據我們掌握的知識來看，人類的歷史顯然是一段從遊牧形式向更加固定的生活形式過渡的歷史。因此，現在（我們的）最固定的生活形式，難道不也理所當然地，是最完美的形式嗎？過去，人們從世界一端狼奔豕突到另一端，不過這一切只發生在國家、戰爭、貿易，不斷發現各種新大陸仍舊存在的史前時代。時至今日，誰還需要做這些事情？

我承認，人類對這種固定的生活形式的習慣絕非一蹴而就。兩百年戰爭毀去所有道路，廢墟漸漸為荒草覆蓋——一開始，人類誠可謂舉步維艱。居住在被綠色廢墟彼此隔絕的城市中，想必根本談不上舒適二字。然而，這有什麼好怕的？人類剛失去尾巴的時候，應該也並未立即學會如何不用尾巴驅趕蒼蠅。我幾乎可以肯定，那時的人類剛脫去尾巴時，必定也曾有生活艱難之感，可是到了今天，你能想像自己長尾巴嗎？或者，你能想像自己赤身裸體，一絲不掛地在街上行走嗎？（不過，也許你們仍舊不穿衣服出門亦未可知。）我們的情況也是一樣。我無法想像一個沒有綠牆包圍的城市，亦無法想像一種沒有時間表、沒有數字圍繞的生活。

時間表，由金底上的紫色數字組成，即使是現在，也在牆上朝我嚴肅又親切地瞥來。我不由得想起祖先們稱為「聖像」的東西，心頭湧起撰寫詩篇或者祈禱文（這兩者實際上是一回事）的渴望。唉，我為什麼不是個詩人呢？那樣一來我就能恰如其分地讚頌這些時間表了，它們可是聯眾國的心臟和脈搏啊！

我們所有人，還有你們，可能兒時在學校裡都讀過古典文學煌煌巨著中最偉大的篇章：《鐵路時刻表》。不過，將它與我們的時間表相比，就像把花崗岩和鑽石相提並論。儘管這兩種東西都同樣是由碳元素構成，然而鑽石是何等永恆、通澈、華美燦爛！誰翻看《鐵路時刻表》時能不激動得屏息靜氣？而時間表啊——毫不誇張地講，時間表把我們所有人都轉變成一篇巨大史詩中的主角機器人。每天早晨，同一時刻，百萬個我們像機器人一樣精確地同時醒來。同一時刻，百萬個我們像同一個人一樣開始工作；然後，百萬個我們像同一個人一樣，又在同一時刻結束工作。同一秒鐘，由時間表指導著，就像一百萬隻手被裝進一個單一的身體，我們同時將湯匙舉到嘴邊；同一秒鐘，我們共同出門散步；同一時刻，我們齊步走進禮堂；同一時刻，我們一道進入進行泰勒式[②]體操的大廳，然後在同一時刻，我們一齊上床睡覺。

我不得不承認：即便是我們也尚未在幸福問題求得絕對精確的解答。從十六點到十七點，然後是從二十一點到二十二點，我們強大的聯合機體一天兩次分解為無數個獨立細胞：這些是時間表規

② 腓德烈・溫斯羅・泰勒（Frederick Winslow Taylor，1856—1915），美國著名工程師和管理學家，科學管理理論的創始人，其理論為設立嚴格的獎懲制度，將人當成機器嚴加管理。——譯注

定的個人時間。這些時間裡，你會看到一些人把房間窗簾謹慎地拉下；另一些人則緩緩沿主幹道邊的人行道踱步，或者像我一樣坐在自己的書桌前。不過，我堅信——就讓他們稱我為理想主義者或者夢想家好了——我們遲早會在總公式中找到一個連這些時間區段也可以加以安置的地方。總有一天，一天八萬六千四百秒鐘統統都會包進時間表。

我有機會聽到、讀到不少人類仍舊生活在自由狀態（亦即不受管理的原始蒙昧狀態）的那些年代發生的不可思議之事。我始終覺得最難以置信的一件事是，一個政府，哪怕是一個原始的政府，怎麼能夠容許人們在沒有任何類似我們的時間表的情況下生活——比如說，沒有義務性散步，沒有對進食時間的精確規定！人們居然可以隨意在任何時候起床、就寢！一些歷史學家甚至指出，在那些年代，街道徹夜照明，整晚都有人在街上來來去去。

我對此實在難以理解。誠然，那些年代人們的思想相當有限，但是他們也不至於愚昧至此，不是嗎？他們難道從來不曾想到，儘管緩慢，這樣的生活實際上是日復一日的集體謀殺？那些日子裡，國家（人道主義）禁止殺害個人，但它卻並不禁止對成百萬人進行緩慢、逐步的謀殺。殺死一個人，也就是說將個人的生命年限減少五十歲，被認為是犯罪，而將人類的整體生命削減整整五千萬年，卻不被認為是罪行！這難道不是無比的荒謬嗎？今天，隨便哪個十歲的號碼都能在半分鐘內輕易解開這個簡單的數學道德問題，可是那些人卻做不到這一點！將他們所有的康德③加到一起都做不到！他們所有的康德都不曾有過建立起一個科學倫理體系——一種以加減乘除為基礎的倫理體系——的念頭。

此外，他們的國家（他們竟然稱為國家！）對性生活完全放任自流，這難道不也太荒謬了嗎？

實際上，他們隨時可以盡情享受雲雨之樂……簡直就跟牲畜一樣，完全反科學！更甚的是，他們還像牲畜一樣，愚昧地亂生孩子！他們掌握了園藝、養雞、漁業（我們有確定的證據表明他們對這些事情都非常熟稔）等知識，卻未能邁上這個邏輯階梯的最後一級，即孩子的生產——他們居然未能發現母性標準、父性標準之類的事物，這豈不是怪事一樁？

這實在太可笑、太荒唐了，以至於我寫這段話的時候，真擔心我不知名的未來讀者們會以為我只是個蹩腳的說笑者。我幾乎能感覺到，你們會以為我想捉弄大家，故意假裝一本正經在這裡講些不著邊際的蠢話。可是，首先我不擅長說笑，因為每個笑話中都必定隱藏著謊言。其次，聯眾國的科學發現古人的生活確確實實就是我描述的那樣，而聯眾國的科學絕對不會弄錯！不過，古人既然像猿猴和豬狗一般生活在牲畜才有的自由狀態中，又怎麼能發展出國家邏輯呢？既然直到今天，我們中有些人都還不時聽到內心深處那個原始神祕的角落裡傳來猿猴時代的回音，那麼對於古代人，我們又能指望他們做得多好呢？

幸運的是，上文說到的回音這種事只是偶爾發生而已；它們只相當於微不足道的零件出現的小破損，很容易修理好，絲毫不會阻礙整臺機器永恆、堅毅的前進步伐。為了消滅這些破損小零件，我們自有無所不能者熟練、有力的鐵腕，以及安全衛士們洞悉一切的眼睛……

順便說一句，我突然想起昨天見到的那個像字母S一樣上下佝僂的號碼了；我好像在安全衛士

③ 啟蒙運動時期最後一位主要哲學家，德國思想界的代表。其核心著作被稱為三大批判，即《純粹理性批判》、《實踐理性批判》、《判斷力批判》。

部看過他進進出出。現在，我明白為什麼當時對他抱有本能的敬意，我也明白了為什麼看到那個捉摸不透的I－330號站在他身邊，我會感到不知所措……鐘敲響了，現在是十點三十分，上床時間已到。那麼，明天再聊。

筆記之四

用氣壓計的野人

癲癇症

假如

在此之前，生活中的所有事情對我而言都顯得一清二楚（我想，正是因為這個緣故，我始終有點偏愛「清楚」這個字眼），可是今天……我有點迷糊了。首先，正如她宣布的那樣，我真的被分配到一一二號禮堂，而這種概率只有一千萬到一千兩百萬分之五百（五百是禮堂的數目，一千萬是號碼的數目）。其次……還是先讓我有條有理地把事情介紹清楚吧。

禮堂：一個巨大的半球形玻璃建築，陽光穿牆而入。一圈一圈座椅上坐滿高貴、球形、頭髮剃得短短的腦袋。我滿心歡喜地四處環顧。我應該是想從藍色的制服波浪中找到那兩道玫瑰色弧線，O可愛的雙唇來著。可是我突然想到一副雪白尖利的小牙齒，就像是……哦不！今天晚上二十一點，O將來到我這裡；因此我思念的自然只應該是她。鐘聲響起。我們一齊起立，齊唱《聯眾國頌歌》，睿智的留聲機演講者裝配著閃閃發光的金色麥克風，從講臺上升起。

「尊敬的號碼們，我們的考古專家們不久前剛剛發掘出一本寫於二十世紀的書。富於嘲諷意味的作者在書裡講了一個野人和氣壓計的故事。野人注意到，每次氣壓計指針指到『有雨』字樣時，都的確會下雨。由於野人希望下雨，所以他放掉不少水銀，讓指針正好停在『有雨』字樣上。」（螢幕上出現一名披著羽毛衣服的野人，他正在放出水銀。哄堂大笑。）

「你們都在嘲笑他，不過，你們難道不覺得那個時代的『歐洲人』更可笑嗎？他和野人一樣想要下雨，然而，他卻只會束手無策地站在氣壓計前面。野人至少還有點勇氣、能力和邏輯感，儘管當然只是原始的邏輯感。他表現出在因和果之間建立關聯的能力：透過放出水銀，他邁出了第一步，這……」

聽到這（再強調一遍，我不掩蓋任何事情，一切完全如實記載），我突然對麥克風傳出的一波波越來越響亮的聲浪充耳不聞。我不知怎地覺得，我來這裡是徒勞一場（為什麼是徒勞一場呢？既然我被分配到這裡，我又怎能不來呢？）。我覺得一切都空洞洞的，好像只是空殼一樣。我勉為其難地設法重新注意聽講，留聲機演講者正講到今晚的主題——我們用數學作曲的音樂（數學是因，音樂是果）。它講起最近發明的音樂生產機。

「……只要搖動把手，任何人都可以做到每小時製造三首奏鳴曲。我們的先人製作音樂是何等困難啊！他們必須先使自己得到靈感，即一種已經滅絕的癲癇症的襲擊，才能創作。這裡有一個他們取得成就的有趣實例：二十世紀由斯克里亞賓④創作的音樂。這只黑盒子」——講臺上的帷幕向兩邊拉開，一種古代樂器出現在我們眼前——「這只盒子被他們叫做『皇家大鋼琴』。他們崇尚皇權思想，這也證明他們的音樂是……」

我再也記不得下面的話了，也許是因為……我還是坦白吧，是因為她，I-330號，走到了「皇家」盒子邊。可能我只是因為看到她突然出現在講臺上而吃了一驚罷了。

她穿著奇妙的古代衣服，一件貼身的黑色連身裙，非常奪目地襯托出她潔白的肩膀和胸部，以及胸脯中央那道隨著呼吸起伏的宜人陰影……還有那副白得發亮、亮得幾乎有點刺眼的小牙齒。她微笑一下，彷彿朝下一咬。她就了座，演奏起一段像古代生活一樣野蠻、令人顫慄、洪亮無比的東西——一點理性的影子都沒有。當然，我周圍的人都是對的，他們都在哄堂大笑，除了少數幾個人沒有笑——可是為什麼我，我也沒有……

是啊，癲癇症是一種精神疾病，是一種痛楚。它是一種緩慢、甜蜜的痛苦，一種齧咬。它漸行漸深，越咬越緊，隨即，陽光慢慢湧現——並非我們這種透澈明晰，藍幽幽、軟綿綿穿透玻璃牆的

④ 斯克里亞賓（Alexander Nikolaievich Scriábin，1872—1915），十九世紀末二十世紀初俄羅斯音樂家，是無調性音樂的先驅。——譯注

陽光。不是，是一種野蠻的陽光，光線奔湧而來燒灼著大地，將一切撕扯成碎片……

我左邊的號碼瞥了我一眼，咯咯笑起來。我不知道他為什麼笑，不過我記得他嘴脣上泛起一個七彩斑斕的唾液泡泡，「啪」地裂開。這個泡泡把我帶回現實。我恢復了自我。

頓時，我像所有其他號碼一樣，只聽到些毫無意義、不規則的聒噪和絃。我笑起來，頓時感覺一陣輕快，心情變得無憂無慮。天才的留聲機演講者精采絕倫地向我們展示了那個野蠻時代，如此而已。

後來，我興高采烈地聆聽我們自己的音樂。為了做個對比，演講結束時，特地放了這樣一段音樂給我們聽。清澈澄明，五彩斑斕的音階無窮盡地凝聚又分散，符合泰勒和麥克勞林級數⑤的人造和聲是多麼健康積極、四平八穩、宏大雄偉啊，就像這段《畢達哥拉斯的褲子》一樣。波浪般的起伏運動中沒有哀傷旋律的容身之地，音樂採用著行星光譜似的美麗結構……這是何等的輝煌莊嚴，何等的完美規律！古人隨心所欲的音樂多麼可悲，它們毫無限制地放任野蠻想像！

像平時一樣，我們四個一排、秩序井然地離開禮堂。熟悉的上下佝僂身影一晃而過。我滿懷敬意地鞠個躬。

親愛的O再過一個小時就要來了，我愉快又積極地期待著。總算到家了！我衝到大樓辦公室，向值班控制員交出我的粉紅票，接過一張允許拉下窗簾的許可證。在我們的國家，只有在性日才可以行使這一權利。平時，我們都居住在透明的四壁當中，它們閃閃發亮，宛如由空氣編織而成；我們生活在所有人的眼皮底下，無時無刻不沐浴在光線中。我們彼此之間赤誠相見，毫無遮掩可言；此外，這種居住模式更讓安全衛士艱難而崇高的工作減輕了難度。如果沒有它的話，許多壞事就可能趁虛而入。很有可能古代人怪模怪樣的不透明住所正是造成他們可憐的小心眼的原因——「我的（原文如此！）家是我的堡壘！」——他們怎能發出這類謬論？

二十二點到了，我放下窗簾，同時O微笑著走進門，嬌喘微微。她將玫瑰色雙脣和粉紅票一起伸向我。我扯掉票根，卻無法將自己扯離那副玫瑰色嘴脣，直到最後一刻，二十二點十五分，我才放開她。

隨後，我向她展示我的筆記，和她聊天。我想，我非常精采地談到了正方形、立方體和直線的美。起初，她入神地聽著，樣子嬌豔動人；然後，她的藍眼睛裡突然湧出一滴淚水，又一滴，第三滴眼淚徑直淌到攤開的頁面（第七頁）上。墨水字模糊了；唉，看來我得重新抄寫一遍。

「我親愛的O，要是你……要是……」

「什麼要是？要是什麼？」

我打算說的可能還是關於做錯事的小孩的悔恨之類老一輩教訓人的話吧，或者也可能我想說點什麼新東西，關於，關於……另一個人？我彷彿有點……奇怪……

⑤ Taylor and Maclaurin series，均為積分公式的名稱。此處的泰勒與注②非同一人。

筆記之五

方塊
統治世界的因素
一種宜人、有用的功能

又和你在一起了，我不知名的讀者；我這樣和你交談，就彷彿——打個比方吧——就彷彿你是我的老朋友，R-13號，那個長著黑人般厚嘴唇的詩人，他可是個遠近馳名的名人。然而，其實你卻遠在月亮、金星或者火星上哪個地方。誰認識你呢？你在何方，又是什麼人呢？

請想像一個方塊，一個有生命、優美的方塊。請想像這個方塊必須和你談起它自己，談起它的生活。你得知道，這個方塊可能根本想不到還要特地跟你解釋它的四角都是相等的。它對此早已習以為常，因為這個現象再自然、再明顯不過。我可以說就處在這樣一個方塊的處境中。比如說粉紅票吧，以及跟它們有關的所有東西，對我而言，它們就像方塊四個等值的角一樣理所當然。不過，說不定在你看來它們顯得比牛頓的二項式定理還要神祕、還要難以理解。那麼請允許我解釋一下吧。一名古代聖人曾經說過一句明智的話（毫無疑問，他純粹是碰巧才說出來的）。他說：「愛和飢餓統治著世界。」因此，為了統治世界，人類必須以極高的代價贏得對飢餓的戰爭。我指的就是兩百年戰爭，這場城市和土地之間展開的爭鬥。也許是出於宗教偏見，原始農民固執地抓住「麵包」不放（我們不清楚「麵包」這種物質的化學構成，如今只在詩歌中才用到這個詞彙）。而早在聯眾國成立之前三十五年，我們就已經發明出石油食物了。誠然，戰爭之後，只有十分之二人口倖存。可是，大地表面清除了雜質之後，顯得多麼煥然一新！

因此，倖存下來的十分之二人口在聯眾國的懷抱中，享受到最大的幸福。不過，巨大的福祉和強烈的妒忌構成幸福這個分數的分子和分母，難道不是嗎？假如我們的生活中還存留著招惹妒忌的因子，那麼兩百年戰爭中那無數犧牲的性命又有何意義可言？然而，這樣的因子的確存在，因為仍舊存在著鈕扣般扁平的鼻子和古典鼻子的區別（參見我們散步時的談話），因為仍舊有些人人見人愛，另有些人卻無人問津。

自然地，征服了飢餓（從代數學角度來說，也就是求得了身體福利的總和）之後，聯眾國將進攻方向指向世界上第二個統治因素，也就是愛。最後，這個因素也被擊敗，我的意思是，它被規範、納入數學公式。三百年前，頒布了富有歷史意義的偉大《性法》：「一個號碼可以獲得將任何別的號碼作為性產品使用的許可證。」

剩下的問題便只是技術性的了。你到性部門的實驗室接受仔細檢查，他們會測試你血液裡的性荷爾蒙比例，並據此替你制定一張性日時間表。然後，你便可以提出申請，享受某個號碼或某些號碼的服務。他們發給你一本票據（粉紅色的）。事情就解決了。

毫無疑問，這樣一來，供妒忌或者羨慕滋生的條件便不復存在。幸福分數的分母削弱為零，整個分數成了一個偉大的無限數。為古代人帶來無數愚蠢悲劇的東西，在我們的時代被轉變成為一種和諧、宜人、有用的生物功能，和睡眠、體力勞動、進食、消化等等功能毫無差別。你看到了吧，邏輯的力量何等強大，足以澄清它接觸到的一切事物。唉，要是你們這些不知名的讀者能想像出這種神聖力量該有多好！要是你們終於能夠學會遵從它的指引，那該有多好！

真奇怪啊。我一邊描述著人類歷史中最輝煌的頂峰，呼吸著最純淨的思想空氣，一邊卻覺得我的體內仍舊烏雲翻滾、蛛網密布，當中迴旋著一個十字形、長著四隻爪子的X。也許，這是我自己的爪子；也或許，我之所以有這種感覺，是因為這副毛茸茸的爪子始終在我眼前晃動。我不想談及它們。我不喜歡它們。它們表現出原始時代的痕跡。難道說我體內存在著……

我想忽略這一切，因為它們干擾我的思路。不過，我隨即又決定：不，我不要這樣做！就讓這份筆記像精確的地震儀一樣，將我大腦裡最隱祕的波動記錄下來，因為有的時候，這類波動能向我們預示災難即將來到……啊，不，這樣想真荒謬！我顯然應該忽略這些想法；要知道我們已經征服了一切問題，再也不可能發生什麼災難。

突然，我好像明白了。看來我這種奇怪的感覺正是一開始我說過的方塊的處境造成的。我其實並沒有受到什麼X的困擾，我體內根本就不可能存在這類東西。我只是擔心會讓你們腦海中產生幾個X，我不知名的讀者們吶，我相信你們能夠理解這一點：我寫這份筆記，比人類歷史上任何一個作家撰寫這類東西都要困難。他們之中有的是為同時代人寫作，有的則是為未來人類寫作，可是他們之中沒有人是為他們的祖先輩寫作，或者為類似於他們原始、遠古祖先的生物寫作的呀。

筆記之六

事故
該死的「很清楚」
二十四小時

我必須重申，我已下定決心，絕不在寫作過程中隱瞞任何事情。因此，我現在必須指出一件並不盡如人意的事實：對這種生活的鞏固和確定，即使是在我們國家也尚未完成。只差幾個步驟，我們很快就將抵達理想彼岸。這理想（很清楚）將是一個波瀾不興、天下太平的世界，可是現在……我給你們舉個例子：我在《聯眾國報》上讀到，再過兩天，我們將在立方體廣場舉行公正日的慶祝活動。這意味著又有號碼阻礙了偉大國家機器的正常運行，一些始料未及的事故又發生了。

此外，我也出了點事。當然，它發生在個人時間，也就是說特地分配來對付不可預見的情況的時間段，不過……

大約六點（準確地講，是在五點五十分），我正在家裡。突然，電話響了：「D－503號？」——一個女人的聲音。

「正是本人。」

「你有空嗎？」

「是的。」

「我是I－330號。我馬上趕到你那兒。我們一起到古代房子去。同意嗎？」

I－330號！這個I讓我心神不寧。她幾乎讓我感到惶惶然；可是，正是因為這個原因，我答道：「好吧。」

五分鐘後，我們並肩坐在一架飛行器裡。五月的天空一片碧藍，明媚的陽光嗡嗡駕馭著它自己的金色飛行器，若即若離跟隨著我們。前方有一大團瀑布般白色雲塊，沒錯，一團白雲的瀑布，像古代愛神雕像的臉蛋一樣，蓬蓬鬆鬆、蠢頭蠢腦。前窗開著，風嗖嗖掠過，弄得人嘴唇發乾。我忍不住頻頻舔著雙唇，老忘不掉這事。

我們已經看到遠在綠牆外的那些朦朧不清的綠色小點了。突然心臟感覺微微一沉，下降——下降——下降，感覺就像沿陡峭的山脊向下飛掠。我們到達了古代房子。

這幢怪模怪樣、弱不禁風、傻裡傻氣的建築罩在一個玻璃殼子裡，不這樣它肯定早已分崩離析。我們走到玻璃門口，看到一個老太太，她滿臉皺巴巴，嘴那裡簡直完全是褶子和皺紋。她的嘴唇朝內萎縮，已經看不到了，好像這嘴已經長成一團，但她居然還能說話，這實在不可思議，不過她的確開了口。

「哦，親愛的，妳又來看我的小房子嗎？」她布滿皺紋的臉容光煥發。也就是說，皺紋像光線一樣四下綻開，好像整張臉在閃閃發光。「是啊，奶奶。」I－330號回答。皺紋繼續閃閃發光。「太陽多好啊，喔，妳瞧見沒，妳這小淘氣，妳呀！我知道，我知道。沒問題。你們自己進去吧──我就待在這兒，曬太陽。」

看來……顯然我的同伴經常拜訪此地。我覺得有點心煩，也許是被這種不舒服的光線影響了吧──巍巍藍天，卻有雲塊堆積。

我們沿寬大陰暗的臺階拾級而上，I－330號說：「那個老太太，我真愛她。」

「為什麼？」

「說不清楚。可能是因為她嘴巴的樣子──或者可能就是沒有原因的愛，如此而已。」

我聳聳肩。她淡淡一笑，繼續朝上走去。或者也可能她根本沒笑。

我感到很不自在。顯然，不該有什麼「沒有原因的愛，如此而已」這回事，而是應該說「因為什麼什麼而愛」。因為自然界一切因素都應當……

「很清楚……」我開口道，不過一說出這個字眼就閉上嘴，偷偷瞥了I－330號一眼，她注意到了嗎？她正看著下面的某個地方，雙眼半閉，好像拉下窗簾的窗子。

我突然心念一動：夜裡二十二點左右，你如果在街頭漫步，就會看到燈火通明、亮敞透澈的立方體小房間當中，有不少是黑色色塊，它們的窗簾都拉下了，而窗簾後面……她的窗簾後面藏了些什麼？她今天為什麼打電話給我？為什麼她要帶我來這兒？這一切……

她咯吱咯吱推開一扇沉重、不透明的大門，我們走進一個昏暗、混亂的空間（他們將這裡稱為「公寓」）。裡面有像上次那樣的奇形怪狀的「皇家」樂器和一堆像古代音樂一樣野蠻、雜亂、瘋狂的喧囂色彩和形狀。白色天花板，深藍色牆壁，紅的、綠的、橙色的古代書籍，黃銅吊燈，一尊佛像，家具上的線條歪歪扭扭，不可能歸結為任何一個等式。

我簡直不能忍受這團混沌。不過我的同伴顯然比我堅強得多。

「這是我最心愛的——」她突然回過神來（又是一個微笑——潔白銳利的小牙齒朝下一咬，好像做著一個齧咬動作），「或更準確地講，這是所有『公寓』中最亂七八糟的一個。」

我接著她的話說道：「或者，再準確一點講，不如說是所有國家中最亂七八糟的一個；這就像有著成千上萬個小國，沒完沒了的打仗，它們冷酷無情，就像……」

「是啊，很清楚。」I-330 號顯然發自內心地回答。

我們穿過一間房間，裡面有幾張孩子的小床（過去，孩子也是私人財產）。接著又走過更多房間，走過閃閃發亮的鏡子、深色衣櫃、色彩鮮亮得令人難以忍受的沙發、一個巨大的「壁爐」、一張碩大的桃心木床。我們優美、透明、永久性的玻璃在這裡只出現在可憐、脆弱、小小的窗戶上。

「想想吧。這裡有著『沒有原因的』愛；古人們為之燒灼、折磨著自己。」（眼睛上的窗簾又一次拉下。）「這是對人類能量多麼愚蠢、不經濟的浪費呀。我說得不對嗎？」

她這番話彷彿正是對我思想的解讀，可是，她眼睛裡始終晃著那個令我心煩的X。窗簾後藏著什麼東西，而我不知道那個什麼東西到底是什麼，但想必就是「它」使我失去耐心。我想和她爭吵，朝她吼叫（沒錯，吼叫），可是我只能對她的話表示贊同，因為她說得一點沒錯。

我們站在一面鏡子前。這時，我眼中只有她的雙眸。突然，我有了個想法：人類的構造就像這些可笑的「公寓」一樣毫無意義。人類的腦袋都是不透明的，只有兩扇非常小的窗戶朝內部開啟，就是雙眼。她彷彿猜出我這個想法，突然轉身對我說：「瞧，我的眼睛就在這裡……你看……」（這些話突如其來，隨即又是沉默。）

我面前是兩扇憂鬱陰暗的小窗，它們後面掩藏著不為人知的奇怪生活，我只看到裡面的火焰，像在奇怪的「壁爐」裡一樣熊熊燃燒，以及兩個陌生的人影，看起來像是……

無庸置疑地，我在她眼裡看到的，當然是我自己的臉的映像。不過，我卻感覺到些許違和感，我對我眼睛所見到的影像是全然陌生的。顯然，周圍這種壓抑的環境對我影響不小。我有點恐慌，感覺自己被古代生活的野蠻颶風裹挾，陷入一個古怪囚籠。

「你呀……」I－330號說：「到第二間屋子裡去一下吧。」聲音來自陰暗的眼睛之窗後，來自壁爐燒得正旺的地方。

我走進那間房間，坐下來。牆上一個架子上，有一個塌鼻子、相貌不甚端正的古代詩人塑像，他正似笑非笑地直直看著我的臉；我猜這是普希金[6]吧。

「我為什麼要坐在這裡被動地忍受這張笑臉？這一切究竟有何意義？我為什麼在這裡？這些奇怪的感覺，這個讓人心煩意亂、咄咄逼人的女人，這場奇怪的遊戲，究竟有什麼目的？」

衣櫃門砰地響了一聲，傳來絲綢摩擦的沙沙聲。我忍不住想站起來，想做些什麼……我不記得具體想法了，也許是想對她說些難聽的話，不過，這時她突然翩然出現。

她穿著一件很短的明黃色裙子，戴著黑帽子，套著黑色長筒襪。衣服是用輕薄的絲綢做的。我一清二楚地看到拉到膝蓋上的長筒襪，無遮無攔的脖子以及那道深深的乳溝……

「很清楚地，妳是想顯得獨特，不過，妳這樣做是不是……」

「很清楚地，」I-330號打斷我的話說：「獨特意味著與眾不同；所以，獨特意味著違背平等法則。古人語言裡說的『保持普通』在我們看來正是一種必須履行的責任。因為──」

「沒錯，沒錯，的確如此，」我不耐煩地打斷她，「而我們不應該……不應該……」她走近塌鼻子詩人的塑像，垂下蓋在充滿野性火焰雙眼上的窗簾，開口道（這次我想她要說些真心話了，或者至少是打算安撫我不耐煩的情緒，沒想到她說出的卻是番大道理）：「過去的人們居然能忍受這種人，你不覺得非常奇怪嗎？他們不僅是忍受，甚至還崇拜這些人。多麼卑躬屈膝的精神啊，你不認為嗎？」

「很清楚地……是……！我恨不得……」（讓這句該死的「很清楚地」見鬼去吧！）

「哦，是的，我理解。不過，實際上比起戴王冠的人，這些詩人才是更強大的統治者。他們為什麼沒有遭到孤立、被消除？在我們國家……」

「哦，是的，在我們國家……」我說道。

⑥俄國文學家，公認為俄國最偉大的詩人，為現代俄國文學奠定了基礎。

突然，她笑起來。我從她眼裡看出笑意，我看到笑意那迴旋的細長弧線，富有彈性，像鞭子一樣繃得緊緊的。我記得我全身顫慄起來，我想要抓住她……我不知道……總之我得做點什麼，至於具體上要做什麼那倒不重要。我下意識地看看我的金色胸章——十六點五十分！

「妳不覺得該回去了嗎？」我盡可能禮貌地問。

「要是我要你和我一起待在這裡呢？」

「什麼？妳知道自己在說什麼嗎？我必須在十分鐘內趕到禮堂。」

「而且，所有號碼都必須接受規定的藝術和科學課程，」I－330號模仿我的聲調說。她拉起窗簾，睜大眼睛——深色窗戶後，火焰熊熊燃燒。

「我認識醫療部某位醫生，他登記在我名下，要是我要求他，他就會替你開一張證書，證明你生病了。怎麼樣？」

恍然大悟！我終於明白這場遊戲是怎麼回事了。

「哈，竟有這種事！不過，妳知道嗎，要是這樣的話，每個誠實的號碼都必須立即趕到安全衛士部，並且……」

「並且……？」（咄咄逼人的齧咬狀微笑。）「我好奇的是，你會不會去安全衛士那裡呢？」

「妳打算待在這裡嗎？」

我抓住門的把手。這是一個黃銅把手，冷冰冰的。我聽到她的聲音又響起來，像黃銅一樣冰冷：

「稍等一下，可以嗎？」她走到電話邊，撥了一個號碼（我惴惴不安，沒有看清楚是哪個號碼），大聲說：「我在古代房子等你來。是的，是的，我單獨一個人。」我轉向黃銅把手。

「我可以開走飛行器嗎？」

「當然可以，請便！」

大門外，老太太在陽光中像棵植物一樣打盹。我又一次詫異地看到她長成一團的嘴張開了。她問我：「你的女士呢，她一個人留下嗎？」

「是的。」

老太太的嘴又抿起來，她搖搖頭；顯然，就連她這衰老的腦袋也明白那個女人的行為之愚蠢和危險。

七點整，我趕上了講座。這時，我突然意識到我沒有對老太太說明全部真相。I-330號並不是單獨待在那裡。我不自覺地對老太太撒謊這個事實此刻正折磨著我，分散我的注意力。是的，她並非獨自一人——這才是重點。

二十一點三十分，接下來我有一段個人時間；我原本應當到安全衛士部去舉報她。可是，經過這次愚蠢的歷險，我感到疲憊不堪。此外，法律規定兩天之內舉報都有效。明天一定會有時間，我還有二十四小時。

筆記之七

一根睫毛
泰勒
天仙子和鈴蘭

夜晚。綠色、橙色、藍色。紅色的皇家樂器。黃色短裙。隨後又出現一尊黃銅佛像。突然，它抬起黃銅眼皮，身上淌出汁水。汁水也從黃色裙子上淌下。鏡子也一滴一滴淌出汁水來；大床、孩子的小床也一樣，很快我自己身上也淌出汁水……這就是恐怖，近乎甜膩的恐怖！

我驚醒了。玻璃牆壁、椅子和桌子幽幽地發著藍色微光。我漸漸鎮定下來，心跳平和了一些。汁水！佛像！多麼荒謬啊！很顯然，我病了。我以前從來不曾做過夢，據說做夢對古代人來說是件再正常不過的事。難怪呢，畢竟他們的生活就像坐在旋轉木馬上轉了又轉一樣令人眼花繚亂：綠色、橙色、佛像、汁水。可是今天的我們卻再清楚不過：做夢是一種嚴重的精神疾病。我……我的大腦怎麼可能……如此精確、乾淨到閃閃發亮，像毫無瑕疵的計時器一樣完美的機制，居然會變得……？是的，沒錯，現在就是這麼回事。我的確感覺到大腦裡有些陌生事物存在著，就像眼睛攪進了一根睫毛。相對於整個身體，一根睫毛未必會讓人有所感覺，但是眼睛卻會對這一根睫毛敏感無比，一秒也無法忘掉它……

愉快清亮的鐘聲傳來。七點鐘，起床時間到了。透過兩側玻璃牆，我像照鏡子一樣，看到左右兩邊成千上萬間像我一樣的房間裡，成千上萬個像我一樣的人，以和我一樣的動作，穿上和我一樣的衣服。這使我分外振奮：我感覺到自己是一個巨大、健壯、統一協調的身體的一個部分，這是何等精確的美啊！一個多餘的手勢、鞠躬或者轉身都沒有。是的，泰勒毫無疑問必定是古代天才中最睿智的一位。儘管當然啦，他沒能想到要把他的方法運用到一天二十四小時的整個生活中；他沒能做到使他的體系囊括從一點到二十四點的每分每秒。我不理解這些古代人。他們怎能寫出裝滿幾個圖書館有關康德的書，卻幾乎不曾注意到泰勒這個目光遠及十個世紀之後的偉大預言家？

早餐結束。眾人齊聲高唱聯眾國頌歌；我們四個一排，富有節奏地邁進電梯，馬達發出低迴的聲響，我們快速下降——下降——下降，心臟微微發沉。又是那個可笑的夢在搗亂，或許這就是它帶來的莫名後果。哦，想起來了！昨天我先是乘坐飛行器，然後也是這樣下降——下降——下降！

嗯，不管怎樣，一切總算都已經過去。我感到慶幸的是，昨天我堅定果斷地拒絕了她。

地鐵帶著我，飛速朝「積分號」一動不動、尚未被火焰激醒的美麗身軀駛去。這會兒「積分號」想必正沐浴在陽光中，躺在製造臺上閃閃發光。我半閉眼睛，思考公式，再一次默默計算需要多大初始速度才能讓「積分號」飛離地球。在充滿爆發力的燃料作用下，「積分號」的品質每秒鐘都會發生變化。因此，這是個非常複雜的，充滿巨大數字的公式。在計算的時候我好像身在夢中一樣，突然，我感覺到在這個精心計算好的堅實世界中，有個人坐到我身邊，輕輕碰了我一下說：「打擾了。」我睜開眼睛。

起初，顯然是因為「積分號」產生的聯想吧，我彷彿看到什麼東西急速飛離我——一個腦袋，我看到它的兩側伸展著粉紅色耳朵，然後我又看到這個腦袋後面彎曲的背部，宛如一個上下佝僂的字母S。我透過代數世界的玻璃牆，又感覺到眼睛攪進睫毛的刺痛。我覺得有點不舒服，今天我肯定是……

「沒問題，請便。」我對他微笑致意，鞠了個躬。我看到他的金色胸章上閃爍著S－4711號字樣（難怪我一見到他就聯想到字母S，這是一種下意識的視覺聯想）。他眼睛晶瑩發亮，像兩個尖銳的小鑽頭似的靈活地轉動，當他看著我的時候，便越來越深地鑽進你。有那麼一會兒，它們彷彿鑽到我心底，打探到一些連我對自己都沒有勇氣承認的事情。

我突然清楚地看到那根卡在我眼中的討厭睫毛。S就是那些安全衛士之一，最簡單的做法莫過於毫不遲延地向他和盤托出一切！

「我昨天去了古代房子……」我的聲音聽起來陌生、嘶啞、乾巴巴的——真想咳嗽啊！

「很好。這想必能使你得出一些富有教育意義的結論吧。」

「是的……不過……你瞧，我並不是一個人去的。我是和I－330號一起去的，後來……」

「I－330號？你真幸運啊。她是一個非常有趣、充滿天賦的女人，她有一大批仰慕者。」

可是他——哦，難怪散步的時候，他們……說不定他是分配給她的男性號碼之一！不，我不能夠向他做報告，想都別想。我清楚地意識到了這一點。

「是的，是的，當然了，的確如此。」我笑得越來越開心、越來越傻氣；我感覺這種微笑使我顯得蠢不可及。

鑽頭探到我靈魂的底部，又旋轉著收回到他的雙眼。上下佝僂的S微笑著朝我點點頭，從門口溜了出去。

我用報紙遮住臉（因為我感覺彷彿所有人都在看著我），很快我就忘掉了什麼關於睫毛、小鑽頭之類想法。報紙上有一則新聞令我大吃一驚：「根據可靠的消息來源，有一個祕密地下組織已經形跡敗露。該組織妄圖解放聯眾國對大家施加的有益約束。」

解放！人類的犯罪本能是何等頑冥不化！我特意選用了「犯罪」這個字眼，因為自由和犯罪是相伴相隨的，正如飛行器的運動和其速度相伴相隨一樣：如果一架飛行器的速度相當於零，那麼這架飛行器就會一動也不動；假如人類的自由相當於零，那麼人們也就不會有任何犯罪，這一點再清楚不過。助人類擺脫犯罪的方法就是幫助他們擺脫自由。我們脫離自由還沒有多久（從宇宙學的角度來看，幾個世紀不就是「沒有多久」嗎？），某些莫名的可悲退化過程就又……不，我真不明白我昨天為什麼不直接趕到安全衛士部。今天，十六點鐘以後，我將毫不遲疑地到那去。

十六點十分，我已經走上街頭；突然我看到O-90站在街角，這場意外邂逅使她興高采烈。她是個頭腦簡單、天真的人兒。這真是一場及時的碰面啊，她會理解我、支持我的。或者，不，我其實不需要任何支援；我心意已決。

音樂塔和諧的轟鳴聲正演奏著進行曲——每天都是同一首進行曲。這種日復一日的慣例、充滿規律的重複是多麼流暢、是何等悅人啊！

「你是在散步嗎？」她圓溜溜的藍色眼睛像兩扇通往內部的藍色窗戶，瞪得大大地看著我，我能夠一覽無遺地看進去：裡面空空蕩蕩的。我的意思是，裡面沒有任何陌生或者多餘之物。

「不，不是散步。我必須走了。」我告訴她目的地。令我吃驚的是，她玫瑰色圓潤嘴脣的嘴角撇了下來，像一輪彎月一樣，好像她嚐到了什麼酸澀的東西，這使我很不高興。

「妳們這些女性號碼看來都無可救藥地受到偏見的腐蝕，妳們根本就不能做出任何理性思考。請原諒我的措辭，不過我只能稱它為頭腦遲鈍。」

「你要去找那些間諜？多醜惡啊！而且我剛剛還到植物園採一枝鈴蘭要給你……」

「為什麼說『而且我』？為什麼要說『而且』？女人就是女人！」我憤怒地（我必須承認這一點）搶過花枝。

「好吧，看看這是妳的鈴蘭花，聞聞看！很香吧？對嗎？但為什麼沒有一點點邏輯思考呢？鈴蘭花聞起來很香，沒錯！可是妳不能說一種氣味的概念是香還是不香，對嗎？妳不能這樣說，對不對？既然有鈴蘭花的香味，自然也就有天仙子令人難以忍受的臭味。這兩種都是氣味。古代國家有他們的間諜；我們也有我們的……是的，間諜！我不害怕這些詞。妳難道不明白，他們的間諜相當於天仙子，我們的卻應該比做鈴蘭花嗎？是的，鈴蘭花！沒錯！」

玫瑰色彎月顫抖著。現在我明白自己也許誤解了，可是當時我確信她就要迸出大笑了。我更加大聲地對她吼道：「是的，鈴蘭花！這沒有什麼可笑的，一點都不可笑！」

每個從旁邊經過的圓溜溜腦袋都朝我們轉過來。O-90號溫柔地拉起我的手。「你今天真奇怪……你生病了嗎？」

我想起我的夢境，黃色……佛像……我突然清楚知道我必須先去醫療部。

「是的，妳說得對，我病了。」我欣喜地回答（我覺得這是一種難以解釋的矛盾心理：因為其實根本沒有什麼值得欣喜的事）。

「你看，你必須馬上去看醫生。必須保持健康，你知道的。」

「我親愛的O，妳當然是對的，完全正確。」

我沒有去安全衛士部，陰差陽錯地，我不得不先趕到醫療部，而在那裡我被留下來，直到十七點。

晚上（湊巧的是，安全衛士部夜裡不辦公），O過來看我。我們沒有放下窗簾，而是認真地研究一本古代課本上的數學題目。這種工作總是能夠幫助我們的思想變得平靜、純淨。O坐在筆記本前，腦袋微微歪向左邊；她全神貫注，舌頭在嘴裡抵著左邊臉頰。她看起來真像個孩子，非常討人喜歡……我覺得內心一片愉悅，心情簡單又明瞭。

她走了，我一個人留下。我做了兩次深呼吸（這種運動對於夜晚的休息大有裨益）。突然——有一種突如其來的味道傳來，它讓我想起一些非常不高興的事情！我很快找出問題所在：有一枝鈴蘭花藏在我的床上。突然之間，所有回憶又從心底泛出，歷歷再現。她真不該把鈴蘭花偷偷放在那裡。好吧，我確實沒有去安全衛士部，的確如此。可是我病了，難道這也是我的錯？

筆記之八

一個無理根
R-13號
三角形

很早以前，我在上學的日子裡，第一次遭遇-1的平方根。往事歷歷在目：一個明亮的球形授課大廳，大約一百個孩子的球形腦袋，還有我們的數學機——「啪拉啪」。這個綽號是我們特地取的；它是一臺用得發舊的數學機，已經變得鬆鬆垮垮。班上的值日生負責把插頭插進它後面的插座，然後我們便聽到麥克風裡傳來「啪拉啪拉啪啦——吱吱吱……」的聲響，之後才開始講課。一天，「啪拉啪」為我們講解無理數，我記得我哭了起來，用拳頭捶著桌子哭喊：「我不想要那個-1的平方根呀，把那個-1的平方根拿走吧！」這個無理根作為一個奇特、陌生又可怕的東西鑽進我心裡，它折磨著我，我無法解出它。它超越邏輯，難以征服。

現在，-1的平方根又出現了。我讀了我的筆記，清楚地看出我對自己並不誠實；我自欺欺人，好避免與這個-1的平方根碰面。所謂我生病的事，根本是無稽之談！我完全有能力趕到安全衛士部。我相信假如一個禮拜之前發生這樣的事，我必定會毫不遲疑地趕到那裡。那麼，為什麼我現在卻沒能做到？原因何在？

比如說今天吧，十六點十分整，我站在閃閃發亮的玻璃牆前。我頭頂上是一面太陽般明亮的金色牌子，上面寫著：「安全衛士部」。裡面有一長排穿著藍灰色制服的人在排隊，他們的臉都像古代寺廟裡的油燈一樣發亮。他們都是來履行一個偉大義務的：向聯眾國祭壇奉獻他們愛的人、他們的朋友和他們自己。我全身心渴望加入他們，可是……我做不到，雙腳好像融入人行道的玻璃面板，寸步難移。我只能一臉蠢相站在那裡。

「嗨，數學家！在做夢嗎？」

我渾身哆嗦。只見一雙黑眼睛充滿笑意地看著我——厚厚的黑人嘴唇，這是我的老朋友，詩人R-13號，玫瑰般嬌豔的O站在他身邊。我惱怒地轉過身（我現在仍舊相信，要不是因為他們的出現，我肯定早就走進安全衛士部，從體內把-1的平方根扯出來）。

「我根本不是在做夢。要是你願意的話，不妨想成我正充滿仰慕之情地看著安全衛士部。」我粗暴地反駁他。

「哦，那當然，那當然！我的朋友，你根本不該當什麼數學家；你應該成為詩人，一名偉大的詩人！是啊，加入我們這行吧，來當個詩人吧，怎麼樣？如果你願意，我馬上就幫你安排好。怎樣？」

R－13號說話總是很快。他話語滔滔不絕，厚嘴脣口沫四濺。每個「ㄕ」都造成一個噴泉，每個「詩人」都伴隨以噴泉般的口水。

「迄今為止我一直在為知識服務，我打算繼續這樣做下去。」我皺起眉頭。我既不喜歡也不能理解玩笑，R－13號卻偏偏有開玩笑的壞習慣。

「哎，讓知識見鬼去吧。你鼓吹的知識只是怯懦的一種形式而已。這是事實，你想要用一堵牆把無限包圍起來，你根本不敢朝牆外看一看。是的，先生！朝牆外一看，你就會腦袋發暈，緊閉雙眼……沒錯……」

「牆正是所有人類的基礎，」我開始宣講。R－13號口沫四濺地反駁起來，O嬌媚地笑著。我揮了揮手，「好吧，妳笑好了，我不在乎。」我顧不上和他們糾纏，我眼下正忙著想法子解決、粉碎那個-1的平方根。「你們看，」我提議，「不如一起到我那裡去，做一些數學題目。」（我腦海中浮現出昨天下午的寧靜時光，說不定今天也可以這樣……）

O看了看R，然後恬靜柔媚地看看我；她臉頰上浮現出我們粉紅票上那種柔和、迷人的色彩。

「可是今天我……我有張他的票。」（朝R瞥了一眼）。「今天晚上他走不開，所以……」

R濕潤、發亮的嘴脣好脾氣地低語：「我們用不到半小時，對嗎，O？我對你們那些數學題沒有多大興趣，乾脆一起到我那裡聊天吧。」

我不想一個人待著，或者，更準確地說，我不想單獨和那個出於某種神奇巧合，佩帶著「D－503號」胸章的陌生新自我待在一起，所以我跟著R出發了。當然，他的思維一點也不精確，腦袋裡毫無節奏感可言；他的邏輯簡直荒唐，顛三倒四，可是我們……三年以前，我們都挑中了親愛的、嬌媚的O，這使我們比在學校時關係更加緊密。R的房間裡，所有東西看起來都和我自己的一模一樣：時間表、玻璃做的椅子、桌子、衣櫃和床。不過，我們進屋後，R把一張椅子搬開，又挪了挪另一張——頓時房間就變得凌亂不堪，所有東西都失去了既定秩序，簡直把歐基里德的所有定律都糟蹋殆盡。R一向如此；在泰勒學和數學課上，他一向都是班上最差的學生。

我們回憶了一陣「啪拉啪」，想起我們這些男生如何把寫滿感激之情的紙條貼滿他的玻璃腿（我們全都熱愛「啪拉啪」）。我們回憶起我們的牧師（自然，他教的不是古代宗教的「律法」，而是聯眾國法則）。牧師的聲音高亢有力，像股旋風般從麥克風裡湧出。我們這些孩子則跟著他，用盡氣力高聲朗誦課文。我們想起同學中的小惡棍R-13號如何把碎紙塞進牧師，於是牧師每說一個字，就迸出一團紙張。當然，R因為幹了這件壞事遭到懲罰，不過，現在我們為這事打從心底感到好笑——我說的我們，指的是我們這三個人，R，O和我。我必須承認，我也是其中之一。

「要是他像古代的牧師一樣，是一個真人，那會怎樣？我們肯定會……會……」厚厚的嘴唇冒著泡泡，口水四濺。太陽透過天花板閃爍著。陽光遍布我們頭頂和全身，它的影子則被我們踩在腳下。O坐在R-13號的膝上，藍色大眼睛裡映滿閃閃發亮的陽光。不知怎地，我內心覺得溫暖了起來。-1的平方根沉默了，平靜了……

「嗯，你的『積分號』怎樣了？你是不是很快就要飛上天，啟蒙各星球的居民啦？你最好加快速度，好孩子，不然我們這些詩人會炮製出一大堆東西，連你的『積分號』也扛不動這麼多貨物。『每天從八點到十一點』……」R搖晃著腦袋，撓著後腦勺說。他的後腦勺方方正正，看起來像一個小箱子（我不知道為什麼，突然想起一幅古代繪畫〈在出租馬車裡〉）。我心情更輕鬆了。

「你也在為『積分號』寫作嗎？跟我說說這事。你都寫些什麼？比如，你今天寫了什麼？」

「今天我沒有寫東西，我要忙點別的事。」（他結結巴巴地說成「忙——忙——忙點別的事」，使得大量唾沫飛到我臉上。）

「什麼事？」

R皺皺眉。「什麼？什麼事？哦，如果你想知道的話，我就告訴你吧。我忙著研究死刑問題。我正打算將死刑寫成詩篇。一個白癡——坦率地說，我們這些詩人中的一個……有兩年時間，我們都和他生活在一起，沒有發現任何問題。突然他就瘋了。他說：『我是一個天才！我凌駕於法則之上。』他說了不少這類廢話……不過這事不值得一提。」

他肥厚的嘴唇掛下來，雙眼黯淡了。他跳起來，轉過身，透過牆壁往外看去。我盯著他那讓我琢磨不透的「小箱子」思忖，「他的這個小箱子裡，究竟裝著什麼？」

一陣尷尬、不和諧的沉默。不知道為什麼，我覺得怪怪的。

「幸運的是，那些莎士比亞和杜思妥也夫斯基（還有些什麼名字來著）的災難時代已經過去了。」我故意大聲說。

R轉過臉看著我，像剛才一樣從嘴裡不斷吐出字眼和口水，可是我注意到，他眼睛裡再也沒有歡樂的光澤。

「是的，親愛的數學家，很幸運，很幸運啊。我們處於幸運的算術黃金分割點。正如你所說，從零到無限，從愚人到莎士比亞，我們全都被統一了。我這樣說對嗎？」

我不知道為什麼（出乎意料地）突然想到另一個人，想到她的語調。她和R之間有一條隱密的、看不見的連接線（是什麼線呢？）。-1的平方根又騷擾起我。我看看胸章：十六點二十五分！他們只剩三十五分鐘使用粉紅票了。

「哦，我得走了。」我與O吻別，和R握握手，走向電梯。

穿過街道時，我轉過頭看了一眼。只見陽光穿透的大塊玻璃中，四處散布著灰藍色方塊，這些都是放下窗簾的不透明方塊，它們充滿富有節奏的泰勒式幸福。我看到了R-13號位於七樓的方塊。上面的窗簾已經放下。

親愛的O……親愛的R……他也（我不知道為什麼要寫下「也」，可是不知不覺就寫出了），他，也有些揣摩不定的心事啊。不過，我，他和O，我們是一個三角形；我承認這並不是一個等邊三角形，但是畢竟也是一個三角形。用我們祖先的語言來說（也許你們，我的星際讀者們，會覺得這種語言更容易理解吧！），我們是一個家庭。有時候，如果（哪怕是暫時地）你能把自己關進這樣一個堅固的三角形，你會覺得挺愉快的，它可以幫助你躲開任何……

筆記之九

禮拜儀式
抑揚格
鑄鐵之手

今天陽光明媚，氣氛莊嚴。這樣的日子裡，所有事物都如同我們的新型玻璃一樣透澈、冷靜，一個人不由得會忘卻他的軟弱、不精密和疾病纏身等等問題……

這裡是立方體廣場。廣場上環繞著整整六十六排座位組成的六十六個壯觀的同心圓。座位上坐滿了人，大家的表情都顯得安靜、平和。所有人的眼裡整齊地倒映著來自天空的光芒，或許，這是聯眾國的光芒亦未可知。猶如鮮血般殷紅的，是那些花朵——女人們的嘴脣。距離行刑場地最近的前排座位上坐著孩子們，他們的小臉蛋串成一個個嬌嫩的大花環。整個場地非常安靜，氣氛深邃而莊嚴。

根據我們掌握的古代紀錄來看，古人在進行「教堂禮拜」時，也能感受到和我們此刻類似的情緒。不過，他們侍奉的是些荒謬可笑、莫名其妙的神靈；我們侍奉的卻是我們早已瞭若指掌的理性之神。他們的神靈除了讓他們永無休止、痛苦不堪地尋覓之外，什麼也沒有賦予；我們的神靈卻賦予了我們純粹的真理——也就是說，祂幫助我們擺脫一切疑問。他們的神靈沒有發明任何比自我犧牲聰明多少的事情，而且他們誰也搞不清楚這種犧牲的目的何在；我們則向我們的神靈，聯眾國，奉獻上一種祥和、理性、深思熟慮的祭禮。

是的，這可以說是一場對聯眾國的莊嚴禮拜，它讓人回憶起兩百年戰爭那神聖的日日夜夜——我們歡慶的正是整體對單一，全體對個人的勝利！

那個「個人」站在廣場中央的立方體上，腳下的臺階灑滿陽光。只見他有一張蒼白，不，甚至不是蒼白，而是已經面無血色、像玻璃一樣透明的面孔，以及一副玻璃一般透明的嘴唇。而那雙眼睛——宛如兩個焦渴、吞噬一切的黑洞，正望向距離他已經只有幾分鐘之遙的可怕世界。他的金色號碼胸章已經被摘掉了，他的雙手被紅色緞帶捆住（這裡沿襲了一個古代傳統。關於它的解釋是這樣的：從前，當這類事情並非以聯眾國之名執行時，罪犯總是覺得自己有反抗的權利，因此人們得用鐵鍊把他們的手拷住）。

立方體頂端安放著死刑機，它旁邊矗立著我們的無所不能者一動不動的、金屬般的身影。我們從下面看不到他的臉。我們只能看到他全身簡樸、莊嚴的直角線條、以及他的雙手。你有沒有注意過，如果一張照片上的手過於靠近鏡頭，它們就會顯得異常大？它們會吸引你的注意力，使你忽略其他一切東西。現在，我們眼中便只有他那雙沉重的大手，它們像石頭一樣一動不動擱在他膝蓋上，這膝蓋被它們的重量壓著，彷彿都要變形了。

突然，這雙鑄鐵之手中的一隻莊嚴地緩緩抬起；應著這隻手的意志，一個號碼走到講臺上。這是聯眾國詩人中的一名，他非常幸運地入選，負責朗誦詩篇，讚美我們的歡慶儀式。神聖的、洪亮的抑揚格詩句響徹各個看臺。他們描述著那個失去理智、嘴脣像玻璃一樣透明的男人；此刻他正站在臺階上，等待自己的瘋狂行為即將招致的邏輯後果。

……一道火光……

在這些抑揚格詩句中，但見建築群左右搖晃。它們融化了，朝天空噴射金屬溶液，轟然倒下。綠樹被烤焦，樹汁緩緩淌盡，樹幹像黑色十字架或者骷髏一般佇立，然後普羅米修斯出現了（這指的是我們）：

……用機器和鋼鐵
他駕御著熊熊烈火
用法則束縛住混沌……

世界煥然一新；它變成了個鋼鐵的天地——鋼鐵的陽光、鋼鐵的樹木、鋼鐵的人類。突然，一個瘋狂的人「解開火焰的鐐銬，釋放了它」，世界再度隕落……不幸的是，我素來不大擅長記憶詩歌，不過我有一點可以確定：你再也找不出比這更富有深意、更優美的比喻了。

鑄鐵之手又莊嚴、沉重地一揮，另一個詩人出現在立方體臺階上。我吃驚地站起來。這不可能！可是……那厚厚的黑人嘴唇——是他。他為什麼沒有告訴我他被授予了如此特殊的禮遇呢？他的嘴唇顫抖著；它們是鉛灰色的。哦，這我當然能理解，畢竟，他正和無所不能者，和安全衛士的領袖緊挨著站在一起！不過，不管怎樣，我們都不應該任由自己陷入如此緊張的情緒呀。

斧頭般快捷鋒利的詩句……他們敘述著聞所未聞的罪行：有人膽敢寫出一些褻瀆的詩歌，稱無所不能者為……哎，不，我不敢重複那個字眼……

R-13號念完以後，面色蒼白，低垂雙眼走下臺階，直接坐回座位（我沒想到他這麼害羞）。有那麼一瞬間，我看到他身後有張臉——一個尖銳、深色的三角形——下一個瞬間我就又看不到他了；我的眼睛和成千上萬人的眼睛一樣，一齊轉向那臺死刑機。接著，那隻超人般的鑄鐵之手又動了。

罪犯彷彿由一股不知名的風挾裹著，挪動起腳步；一階……又一階……他終於走到生命中最後一階臺階。他將臉轉向天空，腦袋後仰——他生命的盡頭到了……無所不能者像沉重而不可動搖的命運一般走到死刑機旁，巨大的手擱上手把……四下死寂，大家都屏住呼吸，所有眼睛都朝上看著，盯著那隻手……身為成千上萬人意志的執行者，這意味著何等橫掃一切、馳騁天地的力量啊！他的氣度是何等雄壯威嚴！

又過一秒鐘。只見這隻手朝下一按，打開電流開關。閃電般的電流猛地一閃……死刑機上的管子抖了抖，發出輕微的喀噠一聲……那個身體頓時籠罩在一團發亮的青煙中，癱倒在地，眾目睽睽之下，他開始融解——以驚人的速度融化殆盡。很快就什麼也不剩，只有一灘純淨的清水，就在上一個瞬間，他還曾經是殷紅的，在心中湧動……

這一切都很簡單；我們對物質分解現象非常熟悉——是的，這就是人體原子的分裂！不過，每次我們總覺得像看到一個奇蹟；它是無所不能者超人力量的象徵。

女性號碼們湧上立方體，激動地簇擁在無所不能者周圍，她們的嘴唇充滿激情地半張著，花朵在風中搖擺。這花朵自然都是從植物園摘來的，我本人看不出花朵或者任何屬於綠牆外那些低等國度的東西有什麼美妙的。只有理性和有用的東西才是美的：機器、靴子、公式、食品，等等。

根據傳統，十名女性正將花朵拋向無所不能者的制服，這些花朵剛剛噴過水，還有點濕淋淋的。他以一名高等祭司的莊嚴步伐緩緩走下，慢慢在一排排座椅中間踱過。女人們的手臂像柔軟的白色樹枝一樣朝他伸去，成百萬的我們像一個人一樣整齊劃一地發出最響亮的歡呼聲！隨後，我們又為隱身於我們當中的安全衛士們歡呼……誰知道呢，也許古代人發明那些每個人一出生便被指定的「守護天使」時，已經預見到幾個世紀之後的這些安全衛士們？

沒錯，我們的慶祝儀式中不乏古代宗教的影子，就像暴風雨一樣具有一種淨化功能……你們這些被命運指引著讀到這些筆記的人，你們熟悉這些情感嗎？如果你們的回答是否定的，那我可真要為你們惋惜了。

筆記之十

一封信
小耳朵
毛茸茸的我

我覺得昨天很像化學家用來過濾溶劑的一張濾紙（所有懸浮的、多餘的分子都被留在濾紙上）。今天早晨，我走下樓，感覺彷彿渾身都被蒸餾、提煉過一般神清氣爽。

樓下大廳裡，控制員坐在小桌子邊不斷看表，記錄著離開的號碼們。她的名字是U……嗯，我覺得最好不要說出她的號碼，因為我擔心自己不打算說她什麼好話——儘管實際上，她是一名非常成熟、值得尊重的女士。我唯一不喜歡她的地方在於，她臉頰下垂著，有點像魚鰓的樣子（當然我覺得這模樣並無可指摘之處）。她用筆塗寫著，我看到紙頁上記下「D-503號」——突然之間，「吧嗒」一聲，一團墨漬滴了上去。我還沒來得及開口提醒她注意這個，她已經抬起頭，給我一個墨跡斑斑的微笑。「你有一封信。親愛的，你會收到。是的，你會的。」

我知道她讀過一封信以後，必須交到安全衛士部（沒必要為你們詳細解釋這種天經地義的做法了吧？）；我在十二點以前就會收到這封信。不過，她若有若無的微笑讓我有點困惑，原先有如蒸餾過的透明溶劑的我，又被墨水滴攪混了。在「積分號」的製造臺上，我變得神思恍惚，甚至在計算中犯了錯，對我來說這是破天荒的第一次。

十二點時，我又看到那個棕紅色魚鰓般的微笑，信終於到了我手中。我無法解釋為什麼沒有一拿到信就拆看起來；相反地，我把信塞進口袋，跑回房間。在那裡我拆開信，快速瀏覽一遍，然後……坐了下來。這是一份官方通知，說明I-330號已經要求將我分配給她，今天二十一點鐘，我得到她那裡去。信裡有她的地址。

「這怎麼可能！在發生了這一切之後！在我已經向她明確表明態度之後！此外，她怎麼能確定我沒有去安全衛士部呢？她根本不可能知道我因為生病才沒去舉報……除此之外……」

我腦袋裡像是有個發電機在旋轉、轟鳴著。佛像……黃色……鈴蘭……玫瑰色彎月……還有——還有，O今天要來看我！我覺得她一定不會相信這件事根本和我一點關係也沒有（誰會相信呢？），而且……我也知道我們（O和我）將會有一場困難、愚蠢、毫無邏輯可言的對話。不，只要能避免這場談話，怎麼樣都可以啊！就讓這件事順其自然地解決吧，我寄給她這個官方通知的影本好了。

我慌忙把信塞進口袋，一邊注意到自己有如猿猴般可怕的手。我想起那天散步時，她抓住我的手打量。有沒有可能她真的……她……

再過十五分鐘就是二十一點了。這是一個明亮的北方夜晚，所有東西都像是綠盈盈的玻璃做成的。不過，這種玻璃和我們用的那種有所不同，它很容易打碎。空中像是罩著一個薄薄的玻璃罩子，裡面的東西正飛舞、旋轉著，嗡嗡亂響。現在即使禮堂的穹頂在緩緩縈繞的雲煙裡升起，或者圓潤的月亮突然像早上小桌子邊的控制員一樣露出個墨跡斑斑的微笑，或者所有房子裡的窗簾猛然間都突然拉下，我也不會吃驚了。

我感覺非常不對勁，肋骨像鐵柵欄一樣，劇烈地壓迫心臟，沒有足夠空間能跳動。我站在一扇玻璃門前，門上印著金色的「I-330號」字樣。I-330號正背對著我坐在桌前；她在寫東西。我走了進去。

「瞧，」我遞上那張粉紅票——「今天下午我收到這份通知，所以我來了！」

「你真準時！請等我一下，好嗎？請坐，我馬上就寫完。」

她低下眼睛看著在寫的東西。她那兩扇拉下的窗簾後面，究竟藏著些什麼？我怎樣才能知道答案？既然她來自外部，來自野蠻古代的夢想疆域，我怎樣才能計算出呢？我默默打量她。肋骨依然像鐵柵欄一樣壓迫著心臟，後者在過於狹小的空間裡瘋狂跳動。

她說話時，臉龐便像個飛速轉動、閃閃發亮的輪子，一根根輪輻轉得你眼花繚亂。不過，這會兒輪子是靜止的。我看到一個奇怪的組合：深色眉毛高高挑向太陽穴，形成一個尖銳的、彷彿在嘲弄人的三角形；同時，這張臉上又有另一個深色正三角形，由鼻端到嘴角兩道深深的紋路構成。兩個三角形不知怎地彼此不協調，使整張臉上出現一個讓人不舒服、心煩意亂的X，或者說一個十字架——一個傾斜的十字架。

輪子開始轉動，輪輻漸漸模糊。

「這麼說，你最後沒有去安全衛士部嘍？」

「我……我不大舒服……沒去成。」

「是嗎？我想也是；不管怎樣，總會有什麼事攔住你的，」——尖利的小牙齒一齜——她發出一個微笑，「不過，現在你可落到我手中了。記得嗎？『任何未能在四十八小時內向安全衛士部舉報的號碼，一律被認為是……』」

我的心臟猛烈撞擊，都要把鐵柵欄給撞彎了。幸好我坐著，否則說不定就……我覺得自己像個小男孩，這多愚蠢呀！我像個小男孩一樣被抓住把柄，而且我愚蠢得無言以對。我覺得自己陷進一個網中，手腳都無法動彈……

她站起身，慵懶地伸個懶腰，又按了一下按鈕，四面牆上的窗簾沙沙放下。外面的世界被隔開，只剩我和她。

她繞到我身後，走到靠近衣櫃的什麼地方，制服沙沙響著滑落下來。我屏息靜氣聽著。我想起——不，這只是在我腦海裡一閃而過的一個想法——我曾接受一項任務，計算一種新型馬路小耳朵合適的弧度（這些小耳朵弄得非常巧妙，裝在各條馬路邊，為安全衛士部記錄所有街頭談話）。我想起一個粉紅色、凹陷的、顫巍巍的小耳朵，這是一種只有一個器官，也就是耳朵的奇怪生物。我這會兒就是這樣的一個小耳朵。

解扣子的「喀噠」聲從她的領子、胸口和……更低的地方傳來。光滑的絲綢從她的肩頭和膝蓋沙沙滑落，掉到地上。我聽到——這比真正地看到還要更加扣人心弦——我聽到一隻小腳從灰藍色絲綢堆裡跨出，然後是另一隻……很快，我就要聽到床的嘎吱聲了，接著……

急切地向外探出的小耳朵顫抖著，傾聽著沉默——不，是傾聽著心臟在鐵柵欄上撞出的巨大、沉悶的聲音，以及兩次撞擊之間無窮無盡的停頓。我聽到、看到了她；她站在我身後，遲疑了一秒鐘，彷彿在思考。衣櫃門的聲音響起，然後又是絲綢……絲綢……

「嗯，可以了。」

我轉過身，只見她穿著一件古代式樣的金黃色裙子。這比她什麼都不穿足足可怕了一千倍。薄薄的纖維下面，兩個尖利的淡紅色小點若隱若現，好像灰燼裡隱藏著的兩點勾魂奪魄的火星；一對柔軟圓潤的膝蓋……

她坐在一張矮矮的扶手椅上。她面前的小方桌上擺了個裝著毒藥般綠色液體的瓶子，還有兩只像莖子一樣細長的杯子。她嘴角叼著一根非常細的紙管，她透過這截古代製菸物質（確實的名稱我記不得了）的燃燒，往外噴著煙霧。

小耳朵仍舊顫動個不休。體內，大錘正猛砸我胸部火熱的鐵柵欄。我一清二楚地聽到錘子一下一下撞擊著，萬一……要是她也聽到了，那如何是好？

不過，她只是若無其事地繼續噴煙，若無其事地瞟著我，她漫不經心地把灰撣到粉紅票上！

我盡力控制住情緒，平靜地問道：「如果妳仍舊只想這樣，那又何必要我分配給妳？為什麼要我來這裡？」她置若罔聞，逕自在兩個杯子之一倒了一些瓶子裡的綠色液體，喝了一口。「好酒！

來點嗎？」我突然明白了，這是酒精！就像閃電一樣，昨天的回憶在我腦海一晃而過：無所不能者的鑄鐵之手，可怕的電光之刃，還有立方體上那個朝後仰去的頭顱，那具僵直的身體！我顫抖了一下。

「請聽著，」我說：「妳明明知道的，對嗎？任何用尼古丁或者特別是用酒精麻醉自己的人，都將遭到聯眾國的嚴厲懲罰？」

烏黑的眉毛高高挑向太陽穴，構成一個辛辣嘲諷的三角形。「『消滅一部分人，以免更多人毒害自己……墮落……方為明智的做法』……多荒唐啊。」

「荒唐？」

「是的。把這樣一堆光腦袋、光身子的真理推上街頭。請想像一下，比如說吧，我那個不屈不撓的仰慕者——S，對，你知道他的。想想看，要是他放棄了衣服的掩飾，以他的真實本色在公眾場合露面……喔！」她笑了起來，不過我還是能清楚地看到她的臉下半部那個悲哀的三角形：從鼻子到嘴角兩道深深的小槽。不知為什麼，這兩道小槽使我思緒聯翩：那個上下佝僂，幾乎駝著背，耳朵像翅膀一樣的傢伙——他摟抱過她？她這樣的……唉！

當然，我現在努力記錄下的，只是我當時的奇思怪想而已。我現在一邊寫著一邊意識到，這其實是理所當然的；也就是說他，S-4711號，像所有誠實的號碼一樣，完全有權利享受生活的快樂，否則就不公平了……我認識到這是無可置疑的。

I-330號奇怪地大笑一陣，突然她深深瞥了我一眼。

「最奇怪的事情是，我一點也不怕你。你是個大好人，我敢肯定這點！你絕不會去安全衛士部，舉報我抽菸喝酒。你要麼生病，要麼就是太忙了走不開，或者還有什麼連我也不知道的原因……而且，我相信你一定會和我一起喝一點這種迷人的毒藥。」

多麼粗魯、嘲諷的語調啊！我有一陣子簡直覺得憎恨她（為什麼要說「一陣子」呢？事實上我無時無刻不在恨她）。

I-330號一仰頭把小杯子裡的綠色毒藥倒進嘴裡。然後她站起身，只見半透明的金黃色纖維下，她遍體粉紅嬌嫩。她走了幾步，停在我的椅子後面……突然，她的手臂摟住我的脖子……她的嘴唇黏上我的嘴唇，不，甚至比這還要深入，還要可怕……我發誓我根本沒有料到這一切。也許這就是為什麼我後來……因為我沒辦法抗拒——現在我當然已經弄清楚了——單憑我自己是根本不可能突發這種欲望的……

從令人難以忍受的甜唇中（我想這就是酒精的滋味吧），感覺好像有滾燙的毒藥灌進我嘴裡，又灌進更多，更多……

我從地球上掙脫，像顆獨立星球一樣旋轉起來，按照一條無法計算的軌道，一圈圈轉下去，轉下去……

接下來的事，我只能透過勉為其難的比喻，大概記述一下。

我以前從來不曾想過這個，不過它是事實：地球的子宮中，隱藏著熊熊火焰，我們這些居住在地球上的人，其實始終行走在這種灼熱的紅海之上，只是自己從未意識到這一點罷了。不過，請想像一下，假如我們腳下的地面突然變成一層薄薄的玻璃殼，那麼突然之間，我們就會看到……

我覺得自己變成玻璃，頓時清晰地看透了身體。我體內有兩個自我。一個，是以前的D-503

號，號碼D－503；而另一個……從前，這另一個人只會時不時展示他毛茸茸的爪子，而現在他整個人都脫離了軀殼。這軀殼被弄得四分五裂，馬上就要……

我用盡全力抓住最後一根稻草（椅子的扶手），大聲地問（以便我能聽到我第一個自我的聲音）：「妳從哪裡……從哪裡弄來這種毒藥？」

「哦，這個嗎？是一個醫生給的，他是我的一個……」

「我的一個！我的一個什麼？」我的另一個自我突然跳出來，怒吼道：「我不允許！我不允許任何人，除了我之外……我要殺死任何想要……因為我……妳……」我看到我的另一個自我粗暴地用毛茸茸的爪子抓著她，撕扯著絲綢，用牙齒咬向她的肉體！……我記得一清二楚，用牙齒！

我記不清過程了，總之I－330號掙脫了我；我看到她站直身體，頭高高昂著，眼睛上覆蓋著那層該死的、難以穿透的窗簾。她背抵衣櫃門站著，聽我說話。

我記得自己躺在地板上；我摟住她的腿，親吻她的膝蓋，哀求地嚎叫：「快，快呀，快呀。」她露出尖利的小牙齒，眉毛挑出個尖銳、嘲諷的三角形，彎下腰，默默解下我的胸章。

「對，就這樣，親愛的——親愛的。」

我匆忙脫起制服。可是I－330號仍舊一言不發，她把我的胸章舉到我眼前，給我看上面的時間。已經是二十二點二十五分。

我的心頓時一涼。我知道二十二點三十分以後還在街上意味著什麼。瘋狂頓時消失得無影無蹤，我又恢復了自我。我清楚地知道一件事：我恨她，恨她，恨……我沒有道別，甚至沒有回頭看一眼，便衝出房間。我一邊匆忙把胸章別回去，一邊跑下樓梯（我擔心在電梯裡會被人注意到），猛地衝上無人的街道。

一切都井井有條；生活既簡單又規律，一絲不苟。發光的玻璃房，淡白色玻璃天空，這是個一個彷彿籠罩在平靜綠光中一般波瀾不興的晚上。可是，冰冷的玻璃下面，有什麼狂野的東西，什麼紅色的、毛茸茸的東西，正默默沸騰。我上氣不接下氣，可是還得死命跑，免得遲到。

突然，我感覺到剛才匆忙別上的胸章鬆開了，掉在人行道上。我彎腰撿起，就在這一刻突然聽到什麼人的腳步聲。我轉過身，一個瘦小、駝背的身影在角落隱隱地一閃而過。我又拚命跑起來，風在耳邊呼呼掠過。我在自己住的房子門口停下，看了看鐘；離二十二點三十分只差一分鐘！我豎起耳朵；身後沒有人。只是我愚蠢的想像罷了，一定是毒藥的效用。

那天晚上我徹夜輾轉反側。床好像在身體下面升起來又跌落下去，然後又升起來。我用了自我暗示法：「夜裡所有號碼都必須睡覺；夜裡睡覺，就像白天工作一樣，都是我們的義務。夜裡睡覺有利於第二天的工作。夜裡不睡覺是犯罪行為。」可是，我還是睡不著——我無法入眠。我瀕臨滅亡！我無法履行對聯眾國的義務了！我……

筆記之十一

不，我做不到；
沒有標題
就沒有標題吧！

夜幕降臨，有點霧氣。天空布滿金色雲塊，看不出雲彩後還有些什麼。古代人「知道」他們的神靈——一個百無聊賴的最大懷疑論者——就住在那裡。我們則知道那裡只有明澈、湛藍、光禿禿、粗魯的虛無。我再也不知道那裡還有什麼了。最近我突然知道了太多事情。能夠確信自身完美無瑕的知識就是信仰，我曾經有堅定的信仰，我相信對自己瞭若指掌。可是——我朝鏡子裡看去——生平第一次地，是的，有生以來第一次地，我一清二楚又有點驚奇地把自己看成某個「他」！我是

「他」。擰做一團的烏黑、筆直的眉毛；眉心有一道豎直的皺紋，好像一道傷疤（這道皺紋一直都有嗎？）。鐵灰色眼睛周圍圍繞著徹夜未眠導致的陰影。鐵灰色後面……我明白了，我以前從來不知道鐵灰色後面有什麼，從這裡（這個「這裡」顯得既近在咫尺，又遠在天涯！）我打量著自己——打量著「他」。我清楚地知道長著筆直眉毛的「他」是一個陌生人，我有生以來第一次與他邂逅。真正的我不是他。

唉，什麼我不是他，這一切都是無稽之談。所有這些愚蠢的情感只是精神錯亂罷了，是昨晚那毒藥的結果……但是哪一個才是毒藥呢？是喝下的那種綠色玩意兒，還是和她在一起？不過這也無關緊要。我寫下這些，只是想證明人類精確銳利的邏輯有時候可以變得多麼混亂。這種邏輯強大無比，足以將古人畏懼萬分的無限變得可以理解，其方法就是……聯絡機突然響起。「R-13號。」哎呀，我打從心底裡感到高興，要是繼續獨自一人待著，我一定會……

二十分鐘後——

在這張紙上，在這個平面世界中，話語一句接著一句出現，可是在另一個世界裡，它們卻……我失去時間感了……才二十分鐘！感覺幾乎已經過了兩百分鐘或者二十萬分鐘！

這看起來多奇怪呀，像這樣默不出聲、深思熟慮、字斟句酌地記錄我和R的這段荒唐會面！想像一下你坐在自己床前，蹺著腿，好奇地觀察自己在床上一籌莫展的樣子吧，我現在的精神狀態就是這樣。

R-13號進來的時候，我心情平靜而正常。我帶著真誠的仰慕之情，向他為那個瘋子的死刑創作的成功詩篇表示祝賀。我告訴他，他的詩歌比其他東西都更有效地剷除了那個踐踏法律的傢伙。

「不止如此，」我說：「要是我得到命令，為無所不能者的死刑機畫一張圖解藍圖，我毫無疑問會在藍圖中放一些你的詩句！」突然，我發覺R嘴脣發青，眼神越來越陰沉。

「你怎麼了？」

「什麼？哦……我只是對這有點厭煩罷了。所有人都不停地談論：『死刑，死刑！』我不想再聽了！你明白嗎？我不想……」他表情嚴肅起來，揉著後腦勺——那個裝滿我所不能理解的行李的小箱子，好像在裡頭找些什麼。我們倆都沒有說話，突然，找到了！他好像在那個小箱子裡找到了什麼，趕忙把它取出來展示給我看。他眼睛充滿笑意，閃閃發亮。他說：

「我正在為你的『積分號』寫詩呢。真的……不騙你！」他又恢復了神采：嘴脣冒著泡、飛著唾沫，話語像噴泉一樣滔滔湧出。

「你瞧，是關於古代的樂園神話的。」（一陣噴泉亂湧。）「那則神話指的正是今天的我們，不是嗎？是啊，你只要一想就明白了！一共有兩個樂園，人們有權選擇：沒有自由的幸福，或者沒有幸福的自由。非此即彼，沒有別的可能。那些愚蠢的傻瓜選擇了自由，因此，在接下來幾個世紀裡，他們自然一直渴望得到枷鎖束縛。這就是他們感到那種對世界的厭惡，即所謂『世界之痛』的原因所在，這種痛苦延續了整整幾個世紀！直到我們出現，人類才找到一種重獲幸福的方式……不，聽著，聽我說！古代的神靈和我們肩並肩坐到同一張桌前了！是啊，我們幫助神靈一勞永逸戰勝了惡魔。惡魔帶領人們犯下忤逆大罪，品嘗有毒的自由——他是一條狡猾的毒蛇。而我們趕來了，一腳踏上他的腦袋，然後……喀嚓！幹掉了他！樂園復活了！我們回到了亞當和夏娃的簡單純潔中，再也沒有善與惡的爭鬥；一切重新又變得單純，天堂的、孩童的單純！無所不能者、死刑機、立方體、巨大的氣鐘罩、安全衛士——這一切都是那麼美好。一切都是壯觀、美麗、尊貴、高尚、透澈、純淨的，因為這一切保證著我們的非自由，也就是我們的幸福。古代人得忙著討論、思索，等等，他們得絞盡腦汁思考什麼是道德的，什麼是不道德的，可是我們……哎呀，一句話，這些就是我那首小小的樂園之歌的高潮部分。你覺得怎樣？整體的風格是極其莊嚴、虔誠的。你明白嗎？這主意很妙吧？你懂我的意思了嗎？」

我當然懂他的意思。我記得自己當時思忖：「此人相貌愚鈍、奇形怪狀，不過頭腦倒是井井有條、一絲不苟！」因此我覺得很喜歡他，也就是說，我真實的自我覺得很喜歡他（我仍舊堅持認為，過去的那個我才是真實的我，最近這段時間的我只是一種症狀而已）。

R顯然從我的表情中看出我的想法，他把手搭上我的肩膀，笑了起來：「哎呀，你呀！你這個亞當！順便說一句，說到那個夏娃嘛……」他在口袋裡摸索著，掏出一本小本子，翻了幾頁說：「後天——不對，兩天以後O-90號有一張來你這兒的粉紅票。你覺得如何？還像以前一樣嗎？……你想要她嗎？」

「當然，當然！」

「那好吧，我會轉告她的。你知道，她自己不好意思提的……多有趣的故事啊！你看，她對我呢，只有一種粉紅票的情感，可是對你卻……而你呢，你甚至都懶得來通知我們有一個第四者鑽進我們的三角形中了！那是誰呢？你懺悔吧，罪人！快告訴我吧！」

我身體裡突然拉上一道窗簾，絲綢的沙沙聲、綠色的瓶子、香甜的嘴唇……我沒頭沒腦突然開了口（唉，我那時怎麼這麼管不住自己呢？）：「告訴我，R，你有沒有嚐過尼古丁或者酒精？」

R咬著嘴唇，瞇著雙眼打量我。我感覺出他的遲疑：「儘管他是朋友，不過……」最後他回答：「我該怎麼說呢？嚴格地講，沒有。不過我認識一個女人……」

「I-330號？」我驚呼道。

「什麼！你？你也是嗎？」R捧腹大笑；他咯咯笑個不停，簡直要笑破肚子了。

我不得不轉過臉才能看清R。我從扶手椅上，只能從鏡子裡看到自己的額頭和眉毛。突然之間，我，真實的那個我，在鏡子裡看到了兩道斷裂的、顫抖的眉毛；我，真實的那個我，突然聽到一句狂野、刺耳的嚎叫：「你說什麼？那個『也是』是什麼意思？那個『也是』是什麼意思？我命令你……」

R張大著的黑人嘴唇，眼球因驚訝而突著……我（真實的我）終於抓住了那個野蠻、毛茸茸、沉重地喘息著的我。我（真實的我）對R請求道：「看在無所不能者的份上，請原諒我。我病得很重，我連日睡不著覺，我不知道自己出了什麼問題。」

厚嘴唇上現出一絲轉瞬即逝的微笑。

「好的，好的，我明白，我明白。我對這一切都很熟悉——當然，是就理論上而言。再見吧。」

他走到門口，又像個小黑球一樣轉回來；他走回桌子，放下一本書，說：「這是我最新的作品。我是來送給你的。差點忘了。再見。」（又是一陣噴泉。）小球滾了出去。

只剩我一個了。或者，更確切地說，只剩我和另一個自我面面相覷。我坐在扶手椅上，蹺著腿，好奇地從某個不知在何處的「點」，觀察我自己如何在床上一籌莫展。

為什麼……唉，為什麼整整三年時間，R、O和我都能夠如此和睦地相處，現在卻突然……僅僅說了一句和那個女人，也就是I－330號有關的話就……而且……難道說，那種叫做愛情和妒忌的瘋狂果真存在於現在的世界中，而不僅僅存在於古人愚蠢的書中？最奇怪的事情是我，我！在我的世界中原先只有方程式、公式、數字，突然之間變成充滿了這些東西！我無法理解，根本莫名其妙！明天我得去找R，告訴他……不，這不是真的，我不會的，明天或者後天都不會去，永遠不會去……我做不到，我不想見他，到此為止吧，我們的三角形已經破裂。

我單獨待著。夜幕降臨，有點兒薄霧。天空薄薄覆蓋著一層金色牛奶般的薄片。要是我知道在那裡——在高處——有什麼就好了。要是我知道我是誰就好了。我究竟是哪一個我？

筆記之十二

為無限定界
天使
對詩歌的冥想

我仍舊相信，我還是可以恢復健康，總歸會痊癒。昨晚我一夜酣睡。沒有做夢，也沒有出現任何別的病徵。親愛的O－90號明天將要到來，一切都會再次變得像一個圓圈一樣簡單、規則而有限。我對「有限」這個字並不害怕。人身上最高級的東西就是理性，它一直做的就是不停地限定無限，將之切割為容易理解的小部分乃至微分。正是這一點讓我的工作，也就是數學，增添了神聖之美。而那個女人偏偏就缺少這種美。唉，我一定是出於湊巧，才胡思亂想到最後這點。

我一邊聽著地鐵傳來一板一眼、富有節奏的聲音，同時腦袋裡湧出這些想法。我和著車輪節奏，默背R的詩句（從他昨天給我的那本書裡看來的），我感覺有人在我背後，俯在我肩頭，看著打開的書頁。我沒有轉過頭，不過從眼角，我瞟見像翅膀一樣的粉色耳朵，還有上下佝僂的，像那個字母一樣的身影……是他。不過我不想驚動他，我假裝什麼也沒有察覺。我剛才上車時並沒有看到他在車廂裡，不知道他是怎麼進來的。

這是件小事，可是它對我產生了非常好的效果。我得說，它使我重新振作了。感覺到有人從你肩膀後面，全神貫注地窺視你，充滿感情地監督你，使你不至於因為最小的疏忽而犯什麼錯誤，這真是件令人愉快的事啊。可能你會覺得我小題大做，不過，我真的認為這就是古代人的守護天使之夢。有多少事情在古人那裡只能夢想，而在我們的生活中卻都實現啊！

意識到守護天使站在我身後的那一刻，我正在欣賞一首叫作〈幸福〉的詩。我覺得這首詩完全是一首罕見的優美深邃的詩篇。其開頭四行是這樣的：

二乘以二——永恆的愛人；
在四的激情中難分難捨……
世上最熾熱如火的愛人啊，
永恆地黏合著，二乘以二。

其餘部分也同樣激動人心，講述著乘法表的睿智和永恆的幸福。每位詩人都是哥倫布。美洲在哥倫布之前就已經存在無數年，可是哥倫布發現了它。乘法表在R－13號之前也存在了無數年，但是只有R－13號在數字的處女林裡發現了一個新的埃爾多拉多⑦。他描述得多麼精確呀！世界上還有什麼比這更加睿智、純粹的幸福呢？鋼鐵也會生鏽。古代的神靈創造了古代人，也就是會犯錯的人；因此，古代的神靈自己也犯了個錯誤。而乘法表比古代的神靈更加睿智、更加絕對，因為乘法表永遠不會（你明白嗎？永遠不會！）犯任何錯誤。再也沒有比那些按照乘法表正確、永恆的法則生活的人更加幸福和幸運的了。沒有疑慮！永無錯誤！只存在一個真理，通往它的道路也只有一條，這真理就是：四，這道路就是：二乘以二。要是那些愉快地相乘著的二突然想要愚蠢的自由——也就是說想要犯錯，這豈不是謬事一樁？因此，無法否認、毫無疑問的是，R－13號確實擅長一針見血地抓住最根本、最……

突然，我又感覺到（先是從我腦袋後面，然後是我的左耳處）守護天使溫暖、柔和的呼吸。他顯然注意到我膝蓋上的那本書已經闔上很久，我的思緒飄到非常遙遠的地方……好吧，此刻我願意向他攤開我頭腦裡的書頁，這可以為我帶來寧靜的歡樂。我記得我甚至轉過頭，久久地、詢問般地看著他的眼睛；不過她要麼是不明白，要麼是不想明白。他什麼也沒有問我……我不知名的讀者們啊，現在我唯一能做的就是將一切原原本本講給你們聽。此刻的你們對我而言，就像那時的他一樣親切，既遠在天涯又近在咫尺。

⑦早期西班牙探險家想像中的南美洲的黃金國。——譯注

我的思維方式是這樣的：從部分到整體——R-13號是部分，我們的國家詩人和作家研究會則是整體。我思忖著古代人為什麼沒有注意到他們的文章和詩歌裡的可怕謬誤呢？這些藝術詞彙所擁有的偉大輝煌力量被他們白白荒廢了。他們的做法實在可笑，任何人都可以寫出腦袋裡湧現的任何想法，這就和古代的大海一天二十四小時白白沖刷沙灘，而不曾受到任何干擾或者利用一樣荒謬。波濤擁有的上百萬公斤的能量僅僅被用來令戀人們心潮澎湃！可是我們，我們則從波浪多情的喃喃低語中獲取電能，我們將這頭噴濺白沫、狂暴不羈的猛獸轉變成一隻馴服的動物。以同樣的方式，我們也馴服、利用了詩歌的野蠻力量。現在，詩歌不再是夜鶯愚蠢的鳴叫，而是一項為國家服務的內容！詩歌成了日用品！

比如說有名〈數學規則之歌〉吧，要是學校裡沒了它，我們要如何真摯深沉地熱愛我們的四則運算規則？此外還有〈尖刺〉！這是個經典意象：安全衛士便是玫瑰花上的尖刺，這些尖刺守衛著我們柔嫩的國家之花，使她免遭粗暴的襲擊。每當看到、聽到孩子們的小嘴像背誦祈禱文一樣吟誦：「一個壞男孩用手摘玫瑰花，鋼鐵般的尖刺像針一樣扎痛他，壞男孩哭喊著溜回了家。」等等，有誰能不為之動容，深受感染？還有〈向無所不能者的每日頌歌〉呢！讀到這些頌歌的時候，在統領一切號碼的這個號碼的無私服務面前，有誰能不折服地深深彎下腰去？還有令人畏懼的鮮紅色〈法庭審判之花〉，以及不朽的悲劇〈致上班遲到者〉，乃至於通俗作品〈性衛生組詩〉！

就這樣，我們所有複雜、優美的生活都得以在不朽的語言中長存。我們的詩人再也不必在陌生地域掙扎；他們降落到地面，和我們一齊前進，腳步應和著音樂塔播放的一絲不苟的進行曲節奏。他們的七弦琴聲是清晨鏗鏘作響的電動牙刷聲、是無所不能者的死刑機冒出的可怕電火花劈啪聲、是綿延迴盪的〈聯眾國之歌〉、是透明閃亮的臉盆調皮的叮噹聲、是窗簾放下時挑逗的沙沙聲、是最新食譜引發的快樂聲音、是街邊小耳朵若有似無的嗡嗡聲……

我們的神靈就在這裡，在地面上，和我們一起待在安全衛士部、在廚房、在商店、在休息室裡。神靈們變得和我們一樣，因此不如說是我們變成了神靈。位於別的星球上的不知名讀者們啊，我們會抵達你們那裡的，我們一定會趕到你們那裡，使你們的生活變得和我們的一樣美妙、理性而精確……

筆記之十三

大霧

爾

一場無比荒謬的冒險

我在黎明醒來，一睜眼就看到玫瑰色天空，一切都顯得美好而滋潤。「O－90號今晚要來。我肯定會恢復健康。」我微笑著，又滑進睡眠裡。早晨的鐘聲響起，我下了床，感覺周圍彷彿換了個天地。我的視線穿過天花板和牆壁，但外面什麼都看不見，只有大霧——大霧瀰漫，奇怪的濃雲越來越沉重，越來越逼近；天地之間的界線消失不見。所有東西彷彿都在漂浮、溶解、墜落著……任何可依靠的東西都不存在了。我看不到任何房屋，彷彿全都融化在大霧中，就像結晶鹽溶解在水裡。人行道上，十層樓的房子裡，四處晃動著的黑色人影，都好像浸泡在奇怪乳白液體裡的分子，上上下下漂浮著。一切彷彿都被煙霧籠罩，好像不知何處正悄無聲息地發生一場大火。

十一點四十五分整（我當時特意看了看鐘，好記住這些數字），十一點四十五分，也就是依我們的時間表規定的體力勞動時間開始之前，我溜進房間待了一會。電話突然響了。一個聲音傳來，像一枚尖利的長針慢慢刺進我的心臟：「噢，你在家呀？我真是太高興了！在街角等我一下。我們一起出發……去哪裡？別急，你會知道的。」

「你非常清楚我馬上要去工作了。」

「你非常清楚你會照我說的去做！再見。我兩分鐘就到！」我果真站到街角。我不得不等她來，以便當面向她說明，我只聽從聯眾國的指示而不是她的。「你會照我說的去做！」她怎麼能這麼肯定！她的聲音明白無誤地表現出她的自信。那麼我倒要……

一件件彷彿是潮霧織成的灰色制服時不時擦過我身邊，又無聲地溶解在大霧中。我無法將眼睛從鐘面上挪開……我覺得自己彷彿變成那根尖利顫抖的秒針。十分鐘，八分鐘……三分鐘……還差兩分鐘就到十二點……當然！我上班已經遲到了！啊，我多麼憎恨她！然而我不得不等她來，好證明我……

牛奶般濃稠的白霧中，突然有道紅線一閃——像鮮血，或者說像鋒利的小刀劃出的一道傷口——是她的嘴唇。

「我想，我讓你久等了。現在你即使去上班也遲到了？」

「什麼？哦，是的，現在已經太遲了。」

我默默盯著她的嘴脣。所有女人都是嘴脣，只是嘴脣。有的女人有著玫瑰色嘴脣，緊緊的，圓圓的，像一個環，一道柔軟的籬笆，把她和世界其餘部分隔開。可是她這副嘴脣哪！一秒鐘之前，它們還不在這裡，可是突然之間，刀光一閃，翩然而至，我彷彿能看到香甜的血液滴答滴答淌落的樣子……

她湊近了，溫柔地靠上我的肩膀；我們倆彷彿融為一體。從她身體裡好像有什麼東西流進我的身體。我感覺到、我也知道，我們「就應該」這樣。我的神經系統的每根纖維，頭上每根頭髮，每次甜蜜痛苦的心跳都告訴我這一點。而屈服於這個「就應該」，又是多麼愉快呀！一塊鐵片被吸附到磁鐵上時，應該也會因為像這樣屈服於準確、不可避免的法則而感到愉快。同樣，一塊石頭被高高拋起，在空中遲疑片刻，然後掉頭落回大地時，必定也同樣充滿幸福。一個人最後一次痙攣，深深吸進一口氣然後死去時，想必也能感受到這種快樂。

我記得自己局促地微笑著，沒頭沒腦地說：「霧呀……好大。」

「爾喜愛大霧，對否？」

這個古典的、早已被忘卻的「爾」——主人對奴隸才用的「爾」——慢慢地、尖銳地刺穿我的心……沒錯，我是個奴隸……這同樣不可避免，卻也同樣讓人感到快樂。

「是的，很好……」我對自己暗暗說道，然後轉頭將臉面向她：「不，我討厭大霧，我怕大霧。」

「那麼你就是愛上它了。要是你因為它比你強大而害怕它，因為它使你害怕而憎恨它，那麼你就是愛上了它，因為你不能夠使它屈服於你。人們只愛他們無法征服的東西。」

「是啊，沒錯。這……這正是我……」

我們倆走著——緊緊依偎在一起。大霧後面，不知在什麼地方，太陽微弱地歌唱著，緩緩地膨脹著，在空中漲滿珍珠色、金色、玫瑰色和紅色光線……世界彷彿變成一個巨大的女人，我們都在她的身體內，尚未出生，正滿懷喜悅地成熟著。我非常清楚地感覺到，所有事物都只因為我而存在：太陽、大霧、金色光線——都只因為我。我沒有問我們要到哪裡去；這有什麼重要的？我們走著，成熟著，越來越強壯，越來越結實，這本身就是快樂……

「這裡……」I-330號在門口站住了，「今天正好是那個人值班——我在古代房子裡跟你提過他。」

我小心翼翼地壓抑著體內越來越強悍的力量，讀著牌子：「醫療部。」我下意識地明白了。

這是一間玻璃房間，裡頭瀰漫著金色霧氣，房間裡有玻璃架子，有顏色的瓶子、罐子、電線，發著藍色螢光的試管，還有一個男性號碼——這是一個非常高瘦的傢伙，好像從一張紙上剪下來的一般。不管他在哪裡，朝哪個方向轉，你都只能看到一個剪影般的形狀，尖尖的、刀刃般閃閃發亮的鼻子，剪刀般的嘴唇。

我聽不到I-330號對他說了什麼。她說話時，我光看到她的嘴在動；我只覺得自己一直在抑制不住地、充滿幸福地微笑。醫生剪刀般的嘴唇閃閃發亮地翻動一陣道：「是的，是的，我明白了。這是一種非常危險的病。我覺得沒有比這個更嚴重的了。」他笑了。他用瘦乾乾、紙張一樣輕薄的手在一張紙上寫了什麼，遞給I-330號；他又在另一張紙上寫了什麼遞給我。他給我們的是診斷書，證明我們都病了，不能工作。於是，我便從聯眾國竊取了工作時間；我是個賊，我應該被丟到無所不能者的死刑機前才對。可是我對這個想法麻木不仁，它離我很遙遠，彷彿只是小說裡的情節。我毫不遲疑地接過診斷書。我、我的整個身心，我的眼睛、嘴唇、雙手，都明白就應該這樣。

在街角一個半空的機場，我們登上一架飛行器。I－330號像上次那樣坐到方向盤前，按下起飛按鈕，飛行器拔地而起。我們在空中飛翔，把金色濃霧和陽光拋在身後。我突然覺得醫生消瘦、刀刃般的剪影顯得親切又可愛。以前我知道所有東西都圍繞太陽旋轉，現在我明白，其實是所有東西都圍繞我旋轉，緩緩地、幸福地、半閉著眼睛旋轉……

我們在古代房子大門口又看到那個老婦人。多麼親切的嘴呀，她嘴唇彷彿已經長成一團，光線般的皺紋從四周放射出來！也許，這兩瓣嘴唇一直繼續長成一團，不過，現在它們咧開了，微笑起來。

「啊！妳這淘氣的姑娘，又是妳呀！妳嫌工作太累嗎？好吧，沒問題，沒問題。要是有什麼事，我會跑過去通知妳的。」

我們走進一扇沉重、咯吱響的不透明大門，它在我們身後關上。突然，我的心痛苦地、大大地張開了，越張越大。我的嘴唇黏上了她的嘴唇，我無厭止地吮吸它們。我勉強放開她，沉默地盯著她睜大的雙眼，隨即又……

房間裡已近黃昏……藍色和金紅色的光線，深綠色摩洛哥皮革，佛像金色的笑容，一張巨大的桃心木床，發著微光的鏡子……我幾天前做過的夢突然歷歷在目；所有事物彷彿都充盈著生命的金色濃汁，我體內也漲滿了這種汁水——再過一秒鐘，就要迸射出來了……就像鐵塊甜蜜地撲向磁鐵，我遵循準確、不容更改的定律，無法避免地朝她挨去……這裡沒有粉紅票，沒有數字，沒有聯眾國。我不再是我自己。這裡只有緊緊閉合的溫柔鋒利小牙齒，只有她金色的、睜大的眼睛，透過這雙眼睛，我深深地看進去……我們周圍沉寂無聲……只在某個角落，彷彿百萬英里遠的不知道哪個地方，水槽裡的水正滴答滴答往下滴著。我就是宇宙！這滴水與那滴水之間，整個世紀、整個時代彈指飛逝……

我穿上制服，向I-330號彎下腰，好用眼睛將她看個夠——好像以後就再也看不到似的。

「我知道會這樣……我知道你。」I-330號用非常低的聲音說。她用手在臉上拂了拂，好像抹去什麼東西；然後，她輕巧地站起來，穿上制服，掛上尖銳的、齧咬般的微笑。

「好了，我的墮落天使，你完蛋了，你知道嗎？什麼？你不怕？好吧，再見，你自己回去，可以嗎？」

她打開衣櫃帶鏡子的門，扭頭看著我，等待著。我順從地走出房間。剛跨出門檻，我就感覺非得再碰碰她的肩膀不可——只要摸一下她的肩膀，別無所求。我衝回房間，我猜想她正站在鏡子前，忙著扣制服；我衝進去，突然停住腳步。我看到——我清楚記得——鑰匙插在衣櫃鎖眼上，古老的鑰匙環還在晃蕩個不停，可是I-330號已經不在了。這間房間只有一個出口，所以她不可能離開這裡……可是I-330號不在！我四處搜尋。我甚至打開衣櫃門，檢查了裡面各種古代服裝，但裡頭一個人影也沒有……

親愛的星際讀者們，我覺得跟你們講述這段不可思議的冒險，未免有點荒唐。不過，這都是事實，所以我別無選擇。從一大早開始，這一整天難道不是充滿了不可思議的冒險嗎？這難道不是有點像古代那種做夢的疾病嗎？要是這樣的話，我講的荒唐事多一件少一件又有多大差別呢？此外，我相信，遲早我會找到某種邏輯，讓我解釋清楚這些荒謬的事情。這個想法為我帶來一絲安慰，我希望它也能使你安心。
……我是多麼不知所措啊！但願你們能明白我的感覺！

筆記之十四

「我的」
不可能
冰冷的地板

我繼續講述昨天的冒險吧。昨晚上床前那段個人時間，我非常忙碌，所以沒有時間寫下所有事情。不過，每件事都像刻在我心裡一樣，而且出於某些原因，我將永遠記得那難以忍受的冰冷地板……

我昨晚準備接待O-90號，因為昨天是她的性日。我走到樓下值班的控制員那裡，請求允許放下窗簾。

「你怎麼了？」控制員問：「你今天晚上看起來真奇怪。」

「我……我病了。」

嚴格地說，我告訴她的正是事實。我顯然是病了，這一切都是病徵。突然我想到：對了，我有疾病診斷！我在口袋裡摸了摸。它還在，沙沙響著。那麼說，這一切的確都發生過！都是真的！

我把診斷紙條遞給控制員。我這樣做的時候，感覺血液湧上臉頰。我覺得她驚訝萬分地瞪著我，不過我避開了她的眼睛。接下來，二十一點三十分……左邊房間的窗簾放了下來，右邊房間的鄰居正坐著讀書。他的禿頭上長了不少疙瘩。他的額頭很大——一道黃色拋物線。我在房間裡焦躁不安地來回踱步。發生這麼多事情以後，我怎麼面對她呢？我指的是O-90號。我清楚地感覺到，右邊的鄰居正盯著我看。我清楚地看到他皺著眉頭，額頭上布滿黃色的、模糊不清的線條；出於某種原因，我相信這些線條是因我而起。

二十一點四十五分，興高采烈的玫瑰色旋風刮進房間，紅潤的手臂結結實實環住我的脖子。然後，我感覺那個環越來越鬆，最後斷開了；她垂下手臂……

「你變得不一樣了，你不是原來那個人了！你不再是我的了！」

「妳這說法多奇怪呀：『我的』。我從來不屬於……」我結結巴巴地說道。突然之間我明白了：是的，我從前的確不屬於任何人，可是現在……難道這還不清楚嗎？現在我不再生活在我們的理性世界中，而是生活在瘋狂的古代世界裡，一個-1的平方根的世界。

窗簾落下，右邊鄰居的書突然從桌上掉到地板。通過窗簾下的一點縫隙，我看到一隻黃色的手從地板上拾起書。我心想：「但願能一把抓住那隻手！」

「我想……我想在散步時和你見面。我想……我必須和你談很多事情，很多……」

可憐的，親愛的O-90號。她的玫瑰色嘴唇成了一輪朝下彎的月亮。不過，我無法對她一一坦白，不是嗎？別的不說，我至少得避免讓她成為我的罪惡的共犯。既然我知道她絕對不會有勇氣到安全衛士部去檢舉我，那麼我就不能……

「我親愛的O，我生病了，累得不行。我今天又到醫療部去了，不過沒什麼關係，會好的。可是我們別談這個了，讓我們忘了吧。」

O躺下來。我溫柔地吻她。我吻著她手腕上孩子氣的肥嘟嘟小褶子，藍眼睛閉著，粉紅色新月般的嘴唇緩緩綻開，開得越來越大，像一朵鮮花。我吻著她的……

突然之間，我意識到自己有多麼空虛，我已經給出了……不，我不能——不可能！我知道我必須……可是不——不可能！我的嘴唇突然冷卻。玫瑰色新月顫抖著失去光澤，緊緊閉上。O-90號用床單遮住身體，把臉埋到枕頭下。

我坐在床邊地板上。多麼冰冷徹骨的地板啊！我默默坐著。迫人的寒意從地板爬上我的身體，越爬越高。群星周圍那種藍色、沉默的太空可能也就是這般冰冷徹骨吧。「請諒解我，親愛的，我不是故意……」我結巴地解釋著，「我向妳保證，我……」

這是真話，我，我的真實自我，並不是故意要……可是我怎樣才能用語言表達清楚呢？我怎樣才能對她解釋鐵塊其實並不想這樣做……然而定律是明確的、無法迴避的！

O-90號從枕頭上抬起臉，閉著眼睛說：「滾開。」不過由於她在哭泣，所以她說成了「滾嗚嗚嗚開」。不知道為什麼，這個滑稽的細節始終縈繞在我心頭。

我渾身冰涼，手腳麻木地躲進大廳。我把額頭抵在冰冷的玻璃上。外面一層薄薄的、幾乎辨別不出的霧氣正四下飄散。「到了夜裡，」我思忖，「它會重新降下來，遮蔽世界。這將是一個多麼悲哀的夜晚！」

O-90號匆匆與我擦肩而過，直奔電梯而去。她砰地一聲關上門。「等一下！」我驚恐地高喊。可是電梯已經開始呻吟著下降、下降、下降……「她從我這裡奪走了R，她又奪走了O，可是，可是……不管怎樣，我還是……」

筆記之十五

氣鐘罩
鏡面般的大海
我將永受燒灼之苦

我在「積分號」製造臺上踱步，這時副工程師來找我。他的臉和平時一樣又圓又白，像個陶瓷盤。他說話時，彷彿正為你端上一盤極其美味的東西。

「你怎麼能生病呢！沒有頭領，我們昨天差點出事。」

「出事？」

「是的，先生。我們做好罩子，正放下來，大家居然抓到一個沒有號碼的男人。我想不出他是怎麼進去的，他們把他送到審訊部了。哈，他們肯定會從那傢伙嘴裡撬出些答案來，『為什麼』、『怎樣做到的』之類……」他開心地笑了。

我們最有經驗、最傑出的物理學家都在審訊部工作，這個部門直接歸屬無所不能者管轄。那裡有各種各樣的設備，不過最高級的還是氣鐘罩。這個設施是根據某個古代基本物理學試驗研發的：古代人把一隻老鼠放在類似氣鐘罩的東西下，慢慢抽出空氣，罩子裡的空氣越來越稀薄，然後……你知道接下來會發生什麼。

不過，我們的氣鐘罩當然是一種更加完美的設施，它可以和各種氣體聯合使用。此外，我們可不會像古代人那樣折磨手無寸鐵的動物。我們將它用於高尚得多的目的：保衛聯眾國的安全——換言之，用來保衛上百萬人的幸福。大約五個世紀前，當審訊部剛成立時，曾經有一些傻瓜居然把我們的審訊部與古代宗教審判所相提並論。這簡直就像把一位實施氣管切開術的外科醫生與一個在公路上割人喉嚨的大盜相比一樣荒唐。這兩者都使用刀，也許還是同一種刀呢，而且做的也是同樣的事情，也就是切開一個活人的喉嚨；可是，一個是無所不能者，另一個是謀殺犯；一個應該被標上正號，另一個得被標上負號。毋庸贅言，只要稍微轉動一下邏輯之輪，輪齒便會咬住那個負號，把它朝上一拔，對它進行翻天覆地的大改造。

另一個問題則有點不同：門上的鑰匙環仍舊晃動著，顯然門剛剛才關上，可是她，I－330號，卻無影無蹤，哪兒都看不見！邏輯之輪無法轉動這個事實。這是個夢嗎？可是，即便是現在，我也能感到右邊肩膀上印著I－330號在大霧中依偎在身邊時那種不可理喻的甜蜜痛苦。「爾喜愛大霧？」是的，我愛大霧。我愛一切，一切在我看來都是美妙、新鮮、結實強壯的；一切都是那麼美好！

「真美好。」我大聲說了出來。

「美好嗎？」陶瓷眼睛瞪得大大的。「你覺得這有什麼好的？要是那個沒有號碼的人用陰謀詭計闖進來，那麼這也就意味著附近還有別的這樣的人，隨時隨地，他們就在『積分號』附近……」

「你說的『他們』指的是誰？」

「我怎麼知道是誰？可是我感覺得到他們到處都是。」

「你聽說那個新發明的手術了嗎？就是用手術切除想像力的做法？」（最近，的確有關於這種發明的流傳。）

「不，沒聽說。這有什麼關係嗎？」

「只有一點關係：我要是你的話，就會去請求接受這種手術治療。」

盤子臉好像突然嚐到檸檬之類的酸東西。可憐的傢伙。人家哪怕只是暗示他可能有點想像力，他都會覺得是種奇恥大辱。好吧，一個星期以前，我也和他一樣，會因為這種暗示而憤慨莫名。不過現在我已經不會了，我知道自己的確有想像力；這是我的病根所在。此外，我還知道這是一種美妙的疾病——我並不想被治癒，根本沒有這個願望！

我們一起邁上玻璃階梯，世界在我們腳下像在攤開手掌一樣清楚。

你們，這些筆記的讀者們，不管你們是誰，你們肯定都生活在太陽下。要是你們像我現在一樣生病了，那麼你們一定會知道太陽是什麼樣的，或者說，清晨的太陽是什麼樣的。你們一定很熟悉那種粉紅色、明晰、暖金色的光線，這時空氣本身看起來也帶點粉紅色，一切都被太陽溫柔的血液所浸透，所有事物都充滿生命，石頭顯得柔軟、生機勃勃，鋼鐵也顯得充滿生命而溫暖，人類則生龍活虎、面帶微笑。也許，很快所有這一切都會消失，一個小時不到，太陽粉紅色的血液就會乾枯，可是同時所有事物都獲得了生命。我看到有什麼東西在「積分號」兩邊滑翔、搏動；我看著這艘飛船，想著它偉大而雄壯的未來，想著它將要像運送沉重的貨物一樣，從遙遠的地方運送這些不知名者的無窮幸福給你們。你們這些尋尋覓覓，卻永遠沒有得到結果的人呀，你們將要找到結果了！你們將會幸福！你們必須幸福，而這已為時不遠！

「積分號」的船身已經幾乎竣工；這是一個精緻的、巨大的橢圓形，是用我們的玻璃材料製作的，這種材料像金子一樣長存不朽，像鋼鐵一樣富有韌性。我觀察著在內部工作的人們，他們正忙著安裝它的橫梁和縱柱；在尾部，人們安裝著巨大發動機的基座。今後，每隔三秒鐘，「積分號」強有力的尾部便會將火焰和煙霧噴射進茫茫宇宙，它將飛得越來越高，宛如一個噴吐煙火的幸福帝國！我觀察著典型的泰勒體制中的工人們如何彎下腰、挺起身、靈活地轉身，像一個巨大發動機裡的槓桿一樣有規律地操作。他們手中握著閃閃發亮、噴吐藍色火焰的玻璃管，用火焰切割玻璃牆，再焊成轉角、橫梁和柱子。我觀察著巨大的玻璃起重機輕而易舉碾過玻璃軌道，就像工人們一樣，這些起重機順從地轉身、彎腰，將負載物送進「積分號」內部。一切都彷彿融為一體：像人一樣的機器和像機器一樣的人。這段優美、和諧的音樂篇章是何等輝煌、扣人心弦啊！

快！下去！奔向他們，加入他們！我跑下樓梯，加入人群，融入大眾當中，匯入鋼鐵和玻璃的節奏。大家的行動都一絲不苟，緊張而流暢。人們的臉頰被噴上健康的色彩，鏡子般光滑的額頭上沒有一絲思想的瘋狂陰影。我彷彿在一片鏡面般的大海上滑行，全身心都放鬆了……突然，他們其中之一將無憂無慮的臉轉向我。

「哎，今天好點了嗎？」

「好什麼？」

「你昨天不在這裡。我們以為你生了什麼重病……」

他的額頭閃閃發亮——這是一張孩子氣的純潔笑臉。

血液湧上臉部。不，面對這樣一雙眼睛，我無法撒謊。我沉默著，覺得快要窒息了……在我上方，閃亮、圓潤、白色的陶瓷盤臉又出現在艙門口。

「嗨！D-503號！快來這！這裡有個框架和支架出了問題，還有……」

我不等他說完，就朝著他的方向跑上樓梯；我用逃跑可恥地拯救了自己。我沒有勇氣抬起眼睛。腳下發亮的玻璃臺階使我暈頭轉向，每跑一步，我都感覺更加絕望。我，一個墮落的人，一個罪犯，沒有資格待在這裡。不，我可能再也沒有能力融入這種機械節奏中，再也不能漂浮在這片鏡面般風平浪靜的海面上。我從此要永無寧日地忍受燒灼之苦，顛沛流離地尋求蔽體之所，除非我去自首……想到這裡，冰一樣的寒冷浸透我全身。「我，我自己倒是沒什麼，但她是不是也得……？我必須保證不讓她被……」

我爬出艙口，走到製造臺，不知所措地站著；我不知該何去何從，也不記得為什麼來此。頭頂上正午的太陽爬行得精疲力竭，正有氣無力冒著火光；雙腳下躺著「積分號」，一個巨大的灰色玻璃體，死氣沉沉，粉紅色血液已經乾枯——這一切當然只是我的想像，其實一切都和以前一樣，沒有任何變化，然而，我能夠清楚地看出……

「D-503號，你怎麼了？你聾了嗎？我叫了你那麼多聲都沒聽見，你出了什麼事？」副工程師衝著我的耳朵吼道，想必他已經這樣吼了好一陣子。

我出了什麼事？我失去方向舵了呀；發動機照舊轟鳴不已，飛行器顫抖著呼嘯前進，可是方向舵不見了。我甚至不知道我正衝往哪裡，是一頭撞向地面，還是直衝太陽，投入烈焰之中……

筆記之十六

黃色
扁平的影子
無可救藥的靈魂

我好多天沒有寫筆記了；弄不清有多少天。日復一日，毫無區別，全都是一個顏色——黃色，就像乾熱的沙子。一絲陰影也沒有，一滴水都不曾出現，只有無窮無盡的黃沙。自從她神祕莫測地消失在古代房子中，我覺得沒有她我就活不下去了，除了她我別無所求……

那天以後，我只見到過她一次。那是在散步的時候，大概是兩天、三天還是四天前吧，我記不清了。我度過的所有日子都沒什麼區別。她僅僅與我擦肩而過，在短暫的一瞬間填滿我黃色、空虛的世界。站在她身邊，和她手挽著手走著的，是高度才到她肩膀上下那個佝僂的S以及消瘦如紙片般的醫生，另外還有一個人，我對他的手指印象很深；它們（我指的是手指）像一束光線一樣從制服袖子裡射出，顯得出奇地細瘦、蒼白、頎長。I－330號朝我揮揮手，然後她越過S的腦袋，朝那個長著光線般手指的人湊過去。我隱隱聽到「積分號」幾個字。這四個人全都轉臉看看我，很快他們又消失在藍灰色海洋中，我的道路再度變得乾燥、枯黃。

那天晚上，她有一張來我這裡的粉紅票。我站在聯絡機前，帶著憎恨和溫柔交織的複雜心情，盼望它早點顯示出I－330這個號碼。每聽到電梯響，我便飛奔到大廳。電梯門總是開得慢吞吞的。號碼們有的蒼白，有的高眺，有的金髮，有的黑髮，紛紛從電梯裡走出，各處窗簾依序放下……可是沒有她。她不會來。很可能這會兒，二十二點整，我正寫著這幾行字時，她正閉著眼睛，以同樣的方式把肩膀靠在哪個人身上，而且以同樣的方式問他：「你愛我嗎？」問的是誰？他是誰呢？是那個長著光線般手指的人，還是那個厚嘴脣、唾沫飛濺的R？抑或是S？難道是S！為什麼我這些天總聽到他的腳步聲，彷彿在水溝裡踩水般，在我身後劈啪作響？為什麼他這些天都如影隨形跟著我？在我前面、身邊、後面，總是晃著個灰藍色、扁平的影子；人們邁過它、踏上它，可它總是不遠不近跟著我，像是有條看不見的紐帶綁在我身上。也許，那條紐帶便是I－330號吧。我不知道。或許他們，我指的是安全衛士們，已經知道我……

要是有人告訴你，你的影子能看到你，無時無刻不在觀察你，你會明白他的意思嗎？突然之間，你體內泛起奇怪的感覺；你的手臂彷彿屬於別人，不聽你使喚。這也就是我的感覺；我現在不斷感覺到我毫無節奏可言的揮手動作是多麼可笑。我總忍不住想回頭看看，卻無法做到；我的脖子可能也變成鐵鑄的了。我逃竄著，飛奔得越來越快，可是哪怕用背部也能感覺到影子以同樣的速度追趕我；我沒有地方可以把自己藏起來——我無處可去！

我終於回到房間。總算一個人了！可是，我在這裡又發現一樣東西，電話。我拿起聽筒，「喂，請撥I－330號。」聽筒中傳來一種輕輕的聲音；有人在大廳那裡的踱步聲，這人走進她的房門，然後——一片沉寂……我放下聽筒。我無法、無法再忍受下去，我決定衝過去找她！

這發生在昨天。我趕過去，從十六點到十七點之間的整整一個小時，都在她住的房子附近徘徊。號碼們成排成排走過，幾千隻腳整齊一致地踏著節奏，像一個萬足龐然大物。我卻孤零零的，像被風暴拋到無人居住的荒島上。我在灰藍色波浪中找了又找。「快了，就要出現了，」我想，「很快，那兩道嘲諷地高高挑到太陽穴的弓眉就要出現了，還有深色窗戶般的眼睛，眼睛後面是熊熊燃燒的壁爐，還有某個人的影子……我將直接衝到這兩扇窗戶後，對她說，『爾』——是的，一定要說『爾』。『爾深知我再也無法獨自生活，那又為何……？』」可是什麼也沒有發生。

突然，我發覺四周一片安靜；我這才注意到音樂已經停了，我清醒了！已經過了十七點；所有人都已經離開，我落單了。這會兒要回家已太遲。我周圍成了一片玻璃荒漠，沐浴在黃色太陽光中。我像看水中倒影一樣，看著平滑的玻璃街面上倒映著牆面，牆面閃閃發光，上下顛倒。我自己也是上下顛倒，可笑地懸掛在玻璃中。

「我必須馬上離開，一秒鐘都不能耽誤，得趕到醫療部去，否則……或者，也許這樣更好：就待在這裡，靜靜等著，等到他們發現我，把我送到審訊部，立刻結束一切問題，贖清一切罪行……」

一聲輕微的沙沙聲響——上下佝僂的S出現在我面前。我沒有看他，卻感覺到他一雙灰色眼睛中，鋼鑽般的視線飛快鑽進我心裡。我振作起全部力氣，向他微笑一下，說（我必須得說點什麼）：

「我……我必須得去醫療部。」

「有誰攔你嗎？你站在這裡做什麼？」

我一言不發，玻璃地面中的我仍舊可笑地上下顛倒懸掛著。

「跟我來。」S嚴厲地命令。

我順從地跟著他，揮舞著毫無用處的笨拙手臂。我無法抬起眼睛。我走過一個陌生的上下顛倒的世界，人們的腳黏在天花板上，機車底盤朝上站著，更低的地方，天空和人行道的沉重玻璃融為一體。我記得當時我思忖，最痛苦的事莫過於在生命中最後一次看著這個世界的時候，我只能上下顛倒地看它，而不能看到它的自然狀態；然而，我就是無法抬起眼睛。

我們停住了，面前是臺階。我踏上一階……馬上就要看到披著白袍的博士們，以及那個巨大的、陰鬱的氣鐘罩了。

我內心掙扎著，終於鼓起勇氣將目光從腳下的玻璃往上移，一眼看到幾個金色大字，「醫療部」。他為什麼把我帶到這裡，而不是去審訊部？他為什麼要放過我？不過，當時我甚至沒有想到這些問題。我奮力衝上所有臺階，把門在身後結結實實關上，深深吸了口氣——彷彿我從早上開始就沒有呼吸過似的，彷彿我的心臟從一大早到現在就沒有跳動過，彷彿我直到現在才開始呼吸，直到此刻胸中才打開一道閥門……

房間裡有兩個人，一個身材矮小，雙腿粗壯，眼睛像牛角一樣，好像隨時可以將病人猛地挑翻。另一個則極其消瘦，嘴唇薄薄的，像亮閃閃的剪刀，鼻子刀刃般鋒利——就是他……我像撲向一個親愛的朋友一樣直衝向他，差點撞上刀刃；我嘴裡嘟囔著一些失眠啦、噩夢啦、影子啦、黃沙啦之類的鬼話。剪刀般的嘴唇閃著光，微笑了。

「是啊，太糟糕了。顯然，你體內已經形成了一個靈魂。」

靈魂？這個奇怪、古老的字眼早已被人們遺忘了……「這……很……很危險嗎？」我結結巴巴地問。

「無藥可救。」剪刀喀嚓一聲剪下。

「可是，具體一點地講，這是什麼病呢？我無法想像……」

「這個……我怎麼解釋好呢？你是個數學家？」

「對。」

「那就好辦了……想像一個平面，就說這面鏡子吧。你我都出現在鏡子的表面上。你明白了嗎？我們都在那上面，正歪著腦袋，免得被太陽炙烤，再比如說，這裡有根藍色的試管，那裡一架飛行器剛剛駛過，留下一道影子。這一切都在鏡子表面上出現，都是轉瞬即逝。現在，請想像這個平面被烈火燒軟，再也沒有什麼東西能從它上面滑過去，所以一切都只好鑽進鏡子的世界。這聽起來像個孩子們喜歡的老故事，不過我向你保證，孩子們並不像我們想像得那麼傻！鏡子表面成了有深度的東西，成了一個身體，成了一個世界。在這個鏡子內部——在你身體裡——出現了陽光、螺旋槳造成的漩流，還有你和哪個人顫抖的嘴唇。你看，冰冷的鏡面會映射、會反彈出東西，可是這一個卻會吸收東西，會將觸及它的一切印記都永遠存留。一旦你在某個人臉上看到一道難以辨別的皺紋，這道皺紋就永遠銘刻在你身體裡。你也許會在一片寂靜之時，突然聽到一滴水滴落的聲音，你也將對此永生難忘！」

「是的，是的，就是這樣的！」我抓住他的手。我確實聽到過水龍頭滴答滴答淌出水來，而且這個印象從此便難以從我心頭揮去。

「不過，請告訴我，為什麼突然會……會有一個靈魂呢？從前並沒有，但是突然之間……為什麼別人都沒有，偏偏我就……」我緊緊抓著這隻消瘦的手，生怕失去這條救生繩。

「為什麼？噢，我們為什麼不長羽毛或者翅膀，卻只有翅根，也就是肩胛骨呢？我們有飛行器，再長翅膀反而礙事。翅膀是用來飛行的，可是我們不需要飛到哪裡去。我們已經到達了終點，已經找到要找的東西。對嗎？」

我迷茫地點點頭。他像把解剖刀似的瞥了我一眼，乾巴巴地笑起來。另一個醫生聽到我們的交談，用粗壯的腿蹬蹬蹬走出他的房間。他用牛角般的眼睛看了看瘦醫生，然後又看了看我。

「怎麼了——一個靈魂？你們說到了靈魂嗎？喔，該死！我們說不定很快就要退化到霍亂大流行的時代了。我告訴你……」他用牛角眼的餘光瞥了眼那個瘦醫生，「我告訴你，唯一辦法就是全部動手術，通通都動！只要摘除幻想中樞就成。這種病只有外科手術才有效，只能靠手術！」他戴上一副巨大的X光檢查鏡，研究了我一陣子，檢查我的頭骨，透過骨頭打量我的大腦，並做著紀錄。

「非常奇特，非常奇特！聽著，」他死死盯著我的眼睛。「你同意我為你做摘除手術嗎？這對聯眾國來說將是一個無價的貢獻；它可以幫助我們防止一場大傳染。要是你沒有特別的反對理由，那麼當然……」

不久以前，我也許會毫不猶豫地回答，「我願意。」可是現在——我沒有吭聲。我盯著瘦醫生的剪影，哀求地看著他。

「您瞧，」瘦醫生終於開口道：「D-503號正在建造『積分號』，我擔心手術會影響到他的……」

「哦！」牛角眼醫生嘟囔著，蹬蹬蹬走回自己的房間。

又只剩我們倆了。紙張一樣的手輕輕地、安慰地握住我的手，剪影一般的臉湊近來，用很低的聲音說：「我告訴你一個祕密。你不是唯一的一個。我的同事提到會有大傳染，這並非言過其實。試著想想看，你有沒有注意到有什麼人出現過和你很像，或者是一樣的症狀呢？」

他直直盯著我。他指的是什麼？是誰？……這可能嗎？……

「聽著，」我從座位上跳起來。可是他已經改變了話題。他用響亮的、金屬般的聲音說：「……至於你抱怨的失眠和做夢嘛，我建議你多走點路。明天早上開始，你就得長途步行……比如說，一直走到古代房子那裡。」

他又用眼睛刺進我心裡，然後淡淡地微笑起來。我覺得那個微笑中彷彿裹著一個字眼，一個字母，一個名字，一個獨一無二的名字……或者這只是我的想像？我幾乎迫不及待地等他寫完今天和明天的疾病診斷書，然後又一次深情地緊緊握了握他的手，便衝了出去。

我感覺到一陣輕鬆愉快，好像變成一架飛行器一般，飛得越來越高……我知道明天將會有歡樂等著我。不過，那將是什麼樣的歡樂呢？

筆記之十七

透過玻璃
我死矣
走廊

我很困惑。昨天，就在我以為所有問題迎刃而解、所有X都得出答案的那一刻，新未知數又加進我的方程式。整個故事的起始座標當然是古代房子。從這個中心點開始，X軸、Y軸和Z軸越延越長，最近它們已經侵入我的整個生活。

我沿X軸（五十九大街）朝座標中心走去。昨日的風暴仍在我體內肆虐：上下顛倒的房子和人、我陌生地扭曲著的雙手、發光的剪刀嘴、水龍頭滴下的水滴的刺耳聲音；所有這一切都存在過，的確曾經存在過！這一切猛烈迴旋著，撕扯我的肉體，它們在融化的鏡面之下，也就是「靈魂」所在之處，瘋狂旋轉著。

我謹遵醫生指示，特意選擇了這條路線，它算不上是三角形的一條斜邊，而是由形成直角的兩條邊組成。很快，我就走上沿綠牆而建的那條路。牆外是一片一望無垠的綠色海洋，樹根、樹枝、花朵和樹葉組成的巨大浪潮劈頭朝我打來。浪頭越來越高，彷彿打算將我吞沒，使我從此從人類這種最精密、最精確的機制變成一個……不過，幸運的是，有綠牆橫亙在我和那片粗暴的綠色海洋之間。哦，牆和欄杆是多麼偉大、神聖的制約物啊！我認為，這堵綠牆是人類創造出的最偉大發明。人們一旦建起這牆，就再也不是一些野蠻動物了，直到綠牆全部竣工，人類才正式擺脫原始人的身分。這堵牆使我們機器般完美的世界與非理性、醜陋的樹木、鳥類和野獸的世界分隔開來……

透過牆上的玻璃，我隱隱看到一隻無名野獸愚鈍的腦袋；牠固執的黃眼睛彷彿在表達什麼單純的想法，這想法我無從領會，我們互相對視了頗長一段時間。眼睛是通往淺薄表面之下另一個世界的通道。我突然有了個念頭：「坐在那堆可笑的髒兮兮葉子上的黃眼睛傢伙，牠的生活根本不可能用數字加以計算，可要是這種生活竟然比我的更快樂，那可怎麼辦！」我揮揮手。黃眼睛眨了眨，後退幾步，消失在樹葉中。多麼可憐的傢伙！我竟然想到牠有可能比我幸福，這多可笑！牠說不定的確比我幸福，可我是個例外，不是嗎？我是個病人。

我注意到我正朝深紅色的古代房子走去。我看到老婦人糾結成一團的嘴了，我飛快地朝她跑去。

「她在嗎？」

糾結成一團的嘴脣緩緩開啟。

「哪個『她』？」

「哪個？當然是I－330號啦。妳記得我們，我和她，上次一起乘飛行器來過。」

「哦，是的，是的。」

嘴周圍像輻射線一般的皺紋，眼睛周圍也巧妙地展現出這樣的皺紋。我越來越喜歡這些皺紋了。

「哦，是的，她在這裡。剛進去沒多久。」

「她在！」我注意到老婦人腳邊有一叢銀色灌木——苦艾木（古代房子的庭院是博物館的一部分，它始終被謹慎地保持著史前狀態）。一枝灌木條蹭到老婦人，她愛撫地拍拍它；陽光斑斕地照在她的膝蓋上。有那麼一會兒，我、太陽、老婦人、苦艾木、剛才那雙黃眼睛，一切似乎都融為一體；我們因共同的血脈而相連——強壯的、偉大的血液——在我們的血管裡奔湧。

我寫到這裡，不由得有點羞愧。不過，我保證過要在筆記裡坦誠心跡：好吧，是的，我彎下腰，親吻了老婦人柔軟的、糾成一團的嘴。她用手擦擦嘴，笑了。

我飛奔過那些熟悉的昏暗的、有回聲的房間。不知出於什麼原因，我直撲臥室。我跑到門邊，突然閃過一個念頭，「要是她在裡面……和別人在一起，那怎麼辦？」我停住腳步，側耳傾聽。我只能聽到自己的心臟怦怦直跳，而且好像不是在我的體內跳，而是在體外離我很近的什麼地方瘋狂跳動。

我走進房間。巨大的床——沒有動過。一面鏡子……衣櫃門上還有另一面鏡子，鑰匙孔裡插著古式鑰匙，上面連著古老的鑰匙環。這裡空無一人。我輕輕叫喚：「I－330號，妳在嗎？」然後，我閉上眼睛，屏住呼吸，用更輕柔的聲音——彷彿我正跪在她面前——呼喚：「I，親愛的。」四下一片寂靜，只有水滴吧嗒吧嗒滴進白色水槽。不知道為什麼，我不喜歡這聲音。我用力擰緊龍頭，走出門。顯然地，她不在這裡。她想必在另一間「公寓」裡。

我沿著寬闊、昏暗的走廊奔下，拉拉第一扇門，又一扇，第三扇——都鎖住了。所有房間都鎖著，只有「我們」的公寓例外。而她並不在那裡。不知為什麼，我又往原來那間公寓走去。我走得又慢又費力，好像鞋子突然變成兩個鐵塊。我清楚地記得當時的想法：「看來，認為重力是一個常量的看法是錯誤的；所以我的公式全都……」

突然之間，傳來一聲爆響！樓下一扇門砰地被摔上，有人飛快地跑過石板路。我突然又振作起來，渾身充滿力量！我衝到欄杆邊，朝下俯過身，只說了一句話，但包含了千言萬語：「是妳呀！」

突然我渾身僵住。樓下，窗框的方形陰影中閃過一對粉紅色翅膀一樣的耳朵，S的影子一晃即逝！

電光石火之間，我得出個乾脆的結論。我毫不猶豫地決定（我到現在也不明白當時為什麼如此決定）：「絕不能讓他看到我在這裡！」我踮著腳尖，全身貼在牆邊，悄悄溜上樓，往沒有上鎖的公寓走去。

我在門口停了一秒鐘。他正蹬蹬蹬地上樓，朝這裡走來。要是門能悄無聲息地打開就好了……我對門祈禱。不過，它是扇木頭門，免不了要咯吱咯吱叫，真令人心驚肉跳。紅色、綠色的東西，金色佛像，全都風一樣從我眼前掠過。我蒼白的臉映在衣櫃的鏡子門上；我的耳朵仍舊豎著，追蹤著腳步聲，我的嘴唇……現在他已經走在綠色和紅色東西中了，走過佛像了。現在走到臥室門檻了……

我抓住衣櫃鑰匙，鑰匙圈晃蕩著，這種搖擺讓我聯想到了什麼。我又斷然決定，一個毫無理由的決定；但與其說這是個決定，不如說是個倉促的念頭。我猛地打開衣櫃，鑽進黑暗的櫃子裡，又緊緊關上櫃門。我邁了一步，地板在腳下晃動。我慢慢地掉了下去；感到眼前一黑——我死了！

當我坐下來描述這些冒險時，我透過回憶以往的知識，又查閱一些書本，終於明白當時的我處於一種暫時的死亡狀態。古代人很熟悉這種狀態，不過，據我所知，我們對它卻毫無認識。我不知道自己死了多久，可能至多五到十秒鐘吧，總之，過了一會兒，我從死亡中醒來，睜開眼睛。四下一片黑暗。我覺得自己在下墜、下墜、下墜。我伸手想抓住什麼可以依靠的東西，可是手指只擦到粗糙的牆壁；牆壁不斷掠過我的指尖朝上逃去，我感覺到手指都擦出血來了。顯然這一切不完全是我的病態想像，到底怎麼回事？

我聽到自己的呼吸緊張得直抖（承認這一點，我並不感到羞愧，因為一切突如其來，根本難以理喻）。一分鐘、兩分鐘，三分鐘過去了，我仍在下降。然後，我腳下不斷下落的地面輕輕一停，突然一動不動。我在黑暗中摸到一個門把，便轉了轉。門打開了，射進一道微光。我發覺身後有一個平臺正朝上收起。我試圖跑回它，可是已經太遲。「我被拋在這裡了。」我想著。至於「這裡」是哪裡，我毫無頭緒。

一道走廊。一片沉重的死寂。拱頂上的小燈像一排閃閃發亮的小點，構成一條無窮盡的長線。

這走廊很像我們的地鐵「隧道」，不過要窄得多，而且不是用我們的玻璃做的，而是由某種非常古老的材料製成。有那麼一會兒，我想起從前聽說過的地下洞穴，據說在兩百年戰爭中，很多人就是靠它們逃過一劫。我無計可施，只能朝前走走看。

我猜想自己走了有二十分鐘。向右一拐，走廊變寬，小燈也更亮了。我聽到從什麼地方傳來嗡嗡聲……是機器還是人的聲音？我不知道。我在一扇沉重、不透明的門前站了一會兒，聲音就是從門後傳來的。我敲敲門。然後更用力地敲了一陣。門後突然靜了下來。什麼東西叮噹一響；門慢慢地、沉重地打開。

我不知道我們之中哪個較為震驚；我面前站著的赫然是那個消瘦、刀刃般的醫生！

「你！」剪刀嘴大張著。

我瞠目結舌地站著，他說的話我一個字也聽不進去。他想必是在叫我離開，因為他用像紙一樣薄的肚子頂著我，慢慢把我逼出門，讓我退到燈火明亮的走廊上，還推我的背。

「請原諒……我想見見……我以為她，I－330號在……可是我後面……」

「站在這別動。」醫生粗暴地說，掉頭走開。

終於！她終於在附近了，就在這裡；既然是這樣，那麼「這裡」是哪裡又有什麼關係？我又看到了熟悉的金紅色絲綢，齧咬般的微笑，拉下窗簾的眼睛……我的嘴唇顫抖著，手和膝蓋也抖個不停，我冒出個蠢念頭：「顫動能造成聲波，那麼顫抖想必也會有聲音，可是為什麼我聽不到它呢？」

她大睜眼睛看著我。我則深深看進這雙眼眸。

「我再也無法……妳去哪裡了……為什麼？……」

我一秒鐘也無法把眼睛從她臉上挪開。我說得又快又亂，像個瘋子一樣，或者也有可能這些話只是在我腦海裡湧出，並沒有說出口：「一個影子……我身後……我死了。從衣櫃裡……因為你的那個醫生……用剪刀嘴說話……我有一個靈魂……無藥可救……我必須散步……」

「一個無藥可救的靈魂？我可憐的孩子呀！」I-330號笑了起來。清脆的笑聲覆蓋住我全身；我的瘋狂消失了。她輕柔的聲音波及之處，到處都變得閃閃發亮。這多美好呀！

醫生又從轉角走出，美妙的、了不起的、世界上最消瘦的醫生。

「怎麼回事？」他走到她身邊問。

「哦，沒事。我等會跟你解釋。他意外到了這裡。告訴他們我十五分鐘後回去。」

醫生溜走了，她則留下來。門砰的一聲，沉重地關上。I-330號先是用肩膀、繼而是她的整個身體靠在我身上，彷彿用一根尖銳甜蜜的針慢慢地、非常緩慢地穿透我的心臟。我們倆融為一體般地走著。

我不記得我們在哪又轉進黑暗；黑暗中，我們沿著一條沒有盡頭的臺階默默朝上走去。我看不見她，不過我知道她和我一樣，閉著眼睛，如癡如醉，頭微微朝後仰，咬著嘴唇，傾聽音樂——也就是說，傾聽我身上那種幾乎可以聽到的顫抖聲。

我恢復了意識，發覺自己站在古代房子庭院中一個隱蔽角落，旁邊有一道搖搖欲墜的土籬笆，上面嵌著赤裸裸的石頭肋骨和像牆壁的黃牙般的石塊。她睜開眼睛說：「後天十六點鐘。」然後便消失了。

這一切真的發生過嗎？我不清楚。我後天才會知道答案。只有一個記號清楚地保留著：我的右手三個手指尖都磨傷了。不過，今天在「積分號」上，副工程師向我保證，他看到我這幾個手指擦過砂輪。也許真的是這樣。這很有可能。我不知道。我毫無頭緒。

筆記之十八

邏輯廢墟
傷口和藥膏
再也不會

昨晚我一上床，就像一艘超載的失事輪船沉入海底般陷入了深沉的睡眠中。波浪滔滔的綠色海水層層裹住我，我緩緩從海底朝上浮起，中途某個時刻我突然睜開眼睛——我在我的房間裡！清晨時分還挺昏暗的，非常安靜，一絲陽光從衣櫃門上的鏡子折射進我的眼睛。這縷陽光使我無法入睡，成了阻擋我完成時間表規定的睡眠時間的障礙物。我應當起來打開衣櫃門的，可是我覺得自己彷彿陷在一個蜘蛛網裡，蛛絲縺住我的眼睛；我沒有力氣坐起。

最後，我還是掙扎著起來，打開衣櫃門；突然，I－330號從櫃子裡一堆掛著的衣服後面，鑽出來了！我最近對於各種不可思議的事情已經見怪不怪，所以我記得自己甚至連一點吃驚的感覺都沒有。我一句話也沒問，跳進衣櫃，把帶鏡子的門用力關上，氣喘吁吁地、粗暴地、胡亂地、迫不及待地摟住她。我現在還清楚地記得：透過門上一道窄窄的裂縫，一縷尖利的陽光像閃電一般刺進黑暗中，在衣櫃裡的地面和牆上晃動著；殘酷的光線之刃慢慢升高，割進I－330號赤裸的脖子，不知道為什麼，我覺得這很可怕，忍不住尖叫起來──再次睜開眼睛。還是在我的房間裡！

早晨仍舊是昏暗的，非常安靜。衣櫃門上晃動著一縷陽光。我躺在床上。剛才是個夢嗎？可是，我的心臟仍舊瘋狂地跳動著，顫抖、抽搐個不休；我的手指尖和膝蓋都傳來陣陣悶痛。剛才的一切毫無疑問發生過！現在，我再也無法區分什麼是夢境，什麼是現實；無理數在我四平八穩、循規蹈矩的三維生活中滋長，我的生活中不再有牢固、發亮的表面，到處都變得崎嶇又粗糙……

我耐心地等著鐘響。我躺著思考，試圖解開奇怪的邏輯之鏈。在生活表面，每則公式、每個方程式都對應著一道曲線或者一件物體，但是我們從來就不曾見過和我的-1的平方根對應的曲線或者物體。然而，可怕的是這樣的曲線或者物體的確是存在的。我們固然看不見它們，但是它們肯定存在，也必須存在；在數學裡，就像在螢幕上一樣，總是存在著各種奇形怪狀的影子。你得明白，數學像死亡一樣，從不會犯錯，也從不開玩笑。因此，如果說我們無法看到這些無理曲線或者物體，這就只有一種可能：它們肯定存在於一個隱藏在我們生活表面之下的巨大世界裡……

我不等起床鐘響就跳起來，在房間裡來回踱步。數學，也就是我搖搖晃晃的生活中唯一堅定不移的島嶼，也從鐵錨上被扯落，旋轉著漂浮著。看來，那個可怕的東西，所謂「靈魂」，就像我的制服和靴子一樣是真實的東西（我沒法看到後兩樣東西，只是因為它們被收在衣櫃門後）。如果靴子不是一種病徵，那麼「靈魂」也不應該是。我苦苦思索，怎麼也無法找到逃出這團邏輯謎團的途徑。我覺得它就像綠牆外奇怪、悲傷的廢墟一樣看著我；我的邏輯廢墟和它一樣，色彩斑斕、難以理喻，卻竭力想對我說著什麼。有那麼一會兒，我彷彿透過一面古怪、厚重的玻璃看到它；我覺得它既無限巨大，又無限渺小，有點像蠍子，長著看不到卻能讓人猜到的刺；我看到-1的平方根。也許，這不是別的，正是我的「靈魂」，它像傳說中的古代蠍子一樣，正出於自願螫著自己……

鐘響了！一天開始。我看到和感覺到的這些東西，永遠不會結束或消失，它們只是被日光遮蔽，就像我們的世界在末日那天並不會結束或者消失，只是被夜晚的黑暗遮蔽。我的腦袋裡好像起了層薄霧，透過這層霧氣，我看到面前長長的玻璃桌和許多球形腦袋，他們正忙著咀嚼——慢慢地、安靜地嚼著，動作整齊劃一。透過這層霧氣，我看到遠處的節拍器正啪嗒啪嗒慢慢跳著，我應和著這種習以為常的、令人舒心的音樂，和其他人一起機械地數到五十：五十是聯眾國法律規定的每口食物的咀嚼次數。接著，我機械地跟著拍子下樓，和其他人一樣把名字寫在外出的號碼登記本上。不過，我覺得自己和所有人隔絕著；我周圍彷彿隔著一道柔軟的牆，它吸收掉聲音，牆裡面是我自己的世界。

突然，我有個想法。要是這個世界只屬於我，那麼我為什麼要在這些筆記中講述它？我為什麼要將這些關於衣櫃、沒有盡頭的走廊之類荒謬的「夢境」記錄下來？我極其悲哀地發現，我並不是在寫一首嚴格符合數學韻律的聯眾國頌歌，而是一部幻想小說。唉！要是這只是一部小說，而不是我這充滿X和-1的平方根、充滿一次又一次墮落的實際生活，那該多好！不過，說不定這樣你們才高興呢。說不定你們，我不知名的讀者們，和我們相比還只是孩子。我們是由聯眾國撫育成長的，所以，我們已經抵達人類所能到達的最高峰。而你們，作為孩子，也許會高高興興吞下我即將提供給你們的所有這些苦藥，只要它們是包裹在冒險的糖衣中。

同一天晚上。

您瞭解這種感覺嗎？您乘著飛行器，沿著藍色螺旋線一飛沖天；窗開著，風從您臉頰邊呼嘯掠過，地面不復存在。地面被遺忘了。地面就像金星、土星或者火星一樣遙遠。這就是我現在的生存狀態。強烈的風迎面襲來；我忘了地面，忘了玫瑰色的、親愛的O。然而，地面仍舊是存在的，遲早我還要回去；我只是閉上眼睛，試圖不去看O－90號寫在我時間表上的那個日期罷了。

那天晚上，遙遠的地面向我顯露出它的存在。為了履行醫生的建議（我真誠地、極其真誠地渴望痊癒），我沿著空無一人的筆直大街漫步了兩個小時又八分鐘。按照時間表規定，這時候大家都在禮堂裡。只有我脫離團體，形單影隻。嚴格地說，這是一種非常不自然的狀態。想像一下，一根手指從整隻手上切下來，這一根孤零零的手指，樣子還有點扭曲，沿著玻璃人行道奔走。我就是這樣一根手指。最奇怪、最不自然的一點在於，這根手指並沒有回到手上、回到別的手指同伴中的渴望。我希望要麼獨處，要麼和I－330在一起，觸摸她的肩膀或者和她雙手交握，把我整個生命灌輸到她體內。

夕陽落下時，我回到家裡。粉色黃昏籠罩著玻璃牆、蓄電塔的金色屋頂和號碼們的說笑聲。這不是有點奇怪嗎？轉瞬即逝的黃昏陽光投射到地面上的角度，與清晨喚醒人們的陽光角度完全一致，然而產生的效果卻如此懸殊；它們都是粉紅色，氣質卻截然不同。日落時分，光線顯得無比寧靜、甚至帶點憂鬱；日出時，光線卻生機勃勃、充滿活力。

我走進樓下大廳，看到控制員U。她從一堆映照著粉紅色餘暉的信封中抽出一封遞給我。我重複一遍：她是一位非常值得尊敬的女士，我相信她對我只有最誠摯的善意……可是，每次看到那對鬆垮地垂下來、酷似魚鰓的臉頰，我都忍不住……

U嘆了口氣，用乾巴巴的手遞來那封信。不過，那聲嘆息對我產生的作用，只相當於輕輕一拂我心裡那扇使我與世隔絕的窗簾。我的注意力完全被捏在顫抖的手中那個信封所占據。我毫不懷疑這是一封來自I-330號的信。

就在那時，我聽到又一聲好像是故意用力發出的嘆息。我從信封上抬起眼睛，看到魚鰓當中低垂著的眼睛上掛著害羞的窗簾，窗簾裡是一個溫和、憂傷的微笑。她說：「你這可憐的、可憐的人兒呀！」又一聲更加用力的嘆息，伴隨著對信封難以察覺的一瞥（當然，根據職權規定，她對信裡的內容一清二楚）。

「是嗎？……為什麼？」

「不、不，親愛的，我比你更清楚。我注意你很久了，我覺得你需要一個有多年生活經驗的人陪伴才行。」

她的微笑撫慰著我全身。這微笑就像一塊包裹傷口的藥布，敷貼在我手中抓著的信讓我受的傷。透過害羞眼睛上的窗簾，她低聲喃喃：「我會考慮的，親愛的。我會考慮這件事的。相信我，一旦我覺得自己有足夠的力量……」

偉大的無所不能者！這是什麼意思？……難道她是打算說，她想要……

我眼前一片昏暗，晃動起成千上萬條正弦曲線；抓著信的手顫抖著。我朝亮處湊去，靠到牆邊。陽光正在撤退；陰沉、悲傷的粉紅色黃昏光線越來越深濃，覆住地面、我的手和那封信。我打開信封，飛快地看看簽名──第一個傷口：它不是I-330號；它是O-90號！又一個傷口：右邊角落裡，漫不經心地滴了一團墨漬！我無法忍受汙漬。不管是墨水還是別的什麼造成的都一樣……唉，不管是什麼造成的都一樣。從前，這樣一團墨漬只會讓我覺得看著難受罷了；可是現在──為什麼這團小小的灰色汙漬像烏雲一樣在我周圍散開來，使我覺得陷入深深的、陰鬱的黑夜？難道又是「靈魂」在作祟嗎？以下是信件內容：

你知道的，或者你也許不知道……我不太會寫信。不過這沒多大關係！現在你知道了，沒有你，我再也不會有什麼春天了，一天，一個早晨也不會再有了，R只是一個……唉，這和你也沒多大關係了。不管怎樣，我對他感激不盡，因為如果沒有他，如果要我孤單度過這些日子，我眞不知道會怎樣……這些日子以來，我感覺好像過了十年，甚至可能有二十年。我的房間好像不再是方形的，而是圓形的了；我沒有盡頭地繞著圈子，一圈圈走著，永遠走不完，沒有一扇門可以讓我逃脫。沒有你，我無法生活，因為我愛你；我不應該，也再也不能和你在一起了──因為我愛你！因為我明白，也理解你現在誰也不需要，除了那個人以外；你必須明白，正是因為我愛你，所以我一定要……

我還需要兩到三天時間，才能拼湊起自己的碎片，多少恢復一點從前的O-90號的樣子。然後，我會自己去的，我會親自去說明，把你從我的名單上去除，這樣對你更好；你現在想必感到幸福了吧。我以後再也不會……

再見了。

再也不會了。是的，這樣更好。她是對的。可是為什麼呢？……為什麼？……

O-90

筆記之十九

第三級的「無限小」
額頭下
翻過欄杆

在那裡，在有一排黯淡小電燈的奇怪走廊裡……哦，不不，是後來，在我們已經回到古代房子院子裡的時候，她說：「後天。」那個「後天」也就是今天。一切彷彿都長了翅膀般飛起來：白天飛過了；我們的「積分號」也裝好翅膀，只等騰空飛起。今天，我們建好推進器，做過單獨測試。多麼震撼人心、強大有力的噴發啊！我覺得每一聲轟鳴都是對她，我心中唯一的人兒的致敬——對今天的致敬！

第一次噴發時，製造臺上大約十二個號碼正好站在主噴射管下方——他們被炸得只剩一點殘屑和焦灰。我現在充滿自豪地說明：這個事件絲毫不曾影響我們的工作節奏。沒有任何人退縮。我們和車床繼續直線或者曲線的運行，像從前一樣火花四濺、一絲不苟，好像什麼事都不曾發生。畢竟，這又算得了什麼大事呢？區區十二個號碼連聯眾國成員的十億分之一都不到。實事求是地講，這不過是個第三級的「無限小」罷了。只有古代人才會產生因為對算術的無知而造成的憐憫之情；在我們看來那是非常荒謬的。

昨天在筆記中，我居然為一團灰色墨漬而煩惱，現在看來這也是件荒謬至極之事！「鏡面」素來有如鑽石般堅硬，像我們的牆面一樣堅不可摧，有什麼東西能真的軟化它呢？（寫到這我不由得想起句古代諺語：「以卵擊石」。）

十六點到了。我沒有去散步，儘管陽光還亮得有點惱人，但說不定她這會兒就會出現，我可不想錯過。

我大概是唯一待在房間裡的人。透過滿映著陽光的牆壁，我向外看向遠方；下方是懸在空中的一串串空房間，彷彿照鏡子般，全都一模一樣。只有在金色陽光灑下點點斑斕的藍色臺階上，有一個灰色、瘦瘦的人影正在上升。我聽到腳步聲，透過門，我感覺到一個微笑貼上我的臉頰。可是，這個人影又轉向另一段樓梯。突然，聯絡機響起！我撲向那個小小的白色方塊……一個陌生的男性號碼！

電梯呻吟著停下。一個高大、懶散、長著鼓突額頭的人站在我面前，那雙眼睛啊……它們奇怪得讓我害怕；好像這個人額頭下深陷著的一雙眼睛會說話似的。

「這裡有一封她給你的信。」（鼓突的額頭下傳來聲音。）「她在信裡吩咐了一切……你照著做吧……不得有誤。」他轉過身，環顧四周。

「很好，一個人也沒有。快，接信啊！」

他把信塞進我手裡，一言不發地走開。

信封裡掉出一張粉紅票。是她，是她的粉紅票！帶著她溫柔的芳香！我恨不得能跑上去追上那個可愛的、額頭鼓突的傢伙。這時一張小紙條隨著票從信封裡掉出來，上面寫著三行字：

粉紅票

拉下窗簾，不得有誤，假裝我的確和你在一起。一定要讓他們認爲我的確……

我非常非常抱歉。

我把紙條撕個粉碎。突然，我一眼看到鏡中的自己，眉毛扭曲著斷成幾截。我拿起粉紅票，打算也撕碎它。這時我彷彿又聽到：「她在信裡吩咐了一切……你照著做吧……不得有誤。」手臂無力地垂下來，粉紅票又放回桌上。她比我更強大，我無法抗拒她。看來我除了照她說的做，別無選擇。此外……畢竟，離晚上還有很長時間呢。

粉紅票躺在桌上。鏡中——我的眉毛扭曲著斷成幾截。唉，我今天為什麼沒有弄張醫生診斷書呢？我真想出去散步，沒完沒了地沿綠牆走下去，然後回來癱倒在床上……癱倒在海底……可是，我不得不趕到十三號禮堂，不得不遏制住我自己，忍受整整兩個小時！我得一動不動地熬上兩個小時，而其實我真正想做的是嚎叫、跺腳！

演講開始。很奇怪，這次從留聲機演講者閃閃發亮的管子裡，傳來的不是金屬般的聲音，而是一個柔和、綿軟、蒼老的聲音。這是一個女人的聲音，我幾乎能想像出她的樣子：一個瘦小、佝僂的老婦人，模樣挺像古代房子的那個老婦人。

古代房子！突然之間，我體內湧出一股強烈的欲望……我不得不用盡全力控制住自己，免得在禮堂裡嚎叫出來。綿軟蒼老的聲音煎熬著我，同時我耳朵機械地記錄著這些關於孩子和製造孩子的空洞話語。我就像臺照相機：對一切都奇特地留下了痲木而精確的印象——光線在揚聲器上反射出的金色鐮刀般的圖案啦、揚聲器下放著的一個用來舉例的孩子啦……這孩子朝揚聲器湊近過去，嘴裡咬著自己的小制服，小拳頭緊緊握著，大拇指捏在拳頭裡，手腕上有一圈肥厚的褶子。我像一臺照相機般，機械地記錄著這一切。我看到他赤裸的腿從講臺邊緣垂下，手像粉紅色小扇子一樣在空中揮來揮去……再過一分鐘，再過一秒鐘，孩子就要摔到地板上了！

一個女性號碼尖叫起來，彷彿背上有兩片透明翅膀，帶著她直撲講臺！她抓住小孩，嘴唇貼上他手腕上肥厚的褶子；她把孩子抱到講臺中間，然後走下講臺。這些圖像也一樣印在我腦海中：粉紅色新月般的嘴唇，嘴角向下撇著！藍色小碟子般的圓眼睛，淚汪汪的！是O-90號。我彷彿正在解讀一道因果公式一樣，突然意識到這一無關緊要的事件的必然性和自然性。

她在我身後左側坐下。我轉過頭看看她。她默默把目光從桌上的孩子身上移開，直直看進我眼裡。在我們的眼睛裡，再次形成三個點——她，我和那張桌子。我根據這三個點迅速劃出三條線，覺得這彷彿影射著莫測未來！

之後，我穿過幽暗的黃昏街道回家，路燈彷彿是街道的許多眼睛。我聽到自己鐘擺一樣滴答滴答走著。這鐘的指針彷彿馬上就要走過一道邊界：我馬上就要去做一件使我沒有退路的事。她想要一個我不知道是誰的人以為她和我在一起。可我卻想要她，我才不管她想要什麼。我不想一個人待在窗簾後面，我卻偏偏得忍受這個！

身後傳來熟悉的腳步聲，有點像在水溝裡踩水的聲音。不用回頭就知道是S。他可能會一直跟著我走到那扇門前。然後，他會在下面的人行道上等著，會試圖用他鑽頭般的眼睛鑽進我待的房間，直到窗簾拉下，掩蓋住犯罪。

他是我的守護天使嗎？不！我主意已定。我走進房間，打開電燈，簡直不相信我的眼睛！O-90號站在桌邊，或者說，就像件沒形狀的空衣服一樣掛在那裡。她衣服下的身體好像既無彈性也無韌性；她的手臂和腿都僵直著，聲音有氣無力。

「我的信，你收到了嗎？收到了？我必須知道你的回答，我必須知道——今天就要。」

我聳聳肩。我喜歡看到她充滿淚水的藍眼睛，這使得她倒像是懷著愧疚的一方似的。我猶豫著不知該怎麼回答，然後幾乎帶著快感挑釁她道：「回答？哦……妳是對的。毫無疑問，所有話都說得很對……」

「那麼……」（她試圖用一個微笑掩蓋微微的顫抖，不過這沒有逃過我的眼睛。）「哦，好吧。我會……我會立刻離開你。」

可是她仍舊有氣無力地站在桌邊，她的眼皮、手臂和雙腿都無力地垂著。另一個人的粉紅票仍舊躺在桌上。我迅速打開這本《我們》，擋住粉紅票。這麼做是想不讓自己看到它，倒不是為了

Ｏ-９０號的緣故。

「瞧，我還忙著寫東西呢。已經寫了一百零一頁了！這本筆記裡寫了不少出乎意料的事情。」

小小的藍色碟子裡的水滿到了邊緣，眼淚無聲地、迅速地從她的臉頰上滑下。突然之間，伴著淌落的淚水，她滑出這些話：「我不能……我馬上就走。我再也不會……我不在乎……只是我想……我必須得要一個孩子！從你這裡！給我一個孩子我就離開，我保證！」

我看出她在制服下渾身顫抖，我感覺……我也很快就要……就要……我把手放到背後，微笑起來。

「什麼？妳想被送到無所不能者的死刑機下嗎？」

她的話語像洪水湧出堤壩一樣奔了出來。

「我無所謂。我想感覺到他在我身體裡，哪怕就一會兒。我想看看，哪怕只有一下子，看看他手腕上的小褶子，就像禮堂桌上那個孩子的一樣。哪怕只能這樣過一天！」

三個點：她，我和一個擱在桌子上的、長著肥厚皺褶的小拳頭！我記得還是孩子的時候，有次被人帶上蓄電塔。在塔頂，我彎腰俯過玻璃欄杆，看到下面的人都像小點一樣，頓時心臟奇怪地收緊了。那一次，我用手緊緊抓住欄杆；現在的我卻跳了出去。「這麼說妳想……妳非常清楚，萬一……」

她閉上眼睛，好像想避免陽光直射似的，但卻同時露出一個濕淋淋、陽光滿臉的微笑！「是的，是的，我想要！」我飛快地從筆記本下摸出另一個人的粉紅票，下樓走到值班控制員那裡。Ｏ-９０號抓住我的手，喊叫了些什麼。

可是我直到又回到房間，才明白她的意思。她坐在床邊，雙手緊緊抓住膝蓋。「那……是她的票嗎？」

「這有什麼關係？是的，是她的，沒錯。」什麼東西咯吱一聲響了。想必是床上的彈簧吧，因為O－90號只是輕輕動了動身子。她仍舊坐著，雙手抓住膝蓋。

「好吧，那就快點……」我粗暴地抓住她的手，把她的手腕捏出一道紅印（明天想必就會發紫了），那裡正是肥嘟嘟、長著嬰兒一樣的褶子的地方……我按下窗簾開關，思想和光線一道消失。黑暗中閃出幾點火星，我翻過欄杆，墜落下去……

筆記之二十

放電
思想的材料
零號岩石

放電是最準確的說法。我覺得自己確實像在經歷一次放電。過去幾天中，脈搏變得越來越枯澀、越來越快，越來越緊張。正負兩極越拉越近，乾巴巴的劈啪聲越來越響；再拉近一公釐，然後——「砰」！接下來就安靜了。

我體內的騷亂平息了，像一個孤零零的病人，被留在一幢人都走光的房子裡一樣，清清楚楚聽著思想清晰無比的聲響。

也許，「放電」終於治癒了折磨著我的「靈魂」病。我又感覺像所有我們的人一樣了。至少，當我寫到這裡時，我能夠毫無痛苦地想像O－90號被送上立方體的臺階或者被推進氣鐘罩的樣子。要是她在審訊部供出我的名字，我也不會介意。最後一刻，我會虔誠地、感激涕零地親吻無所不能者的懲罰之手。根據聯眾國的規定，我有這個權利：主動接受我的懲罰。我不會放棄這個權利。沒有哪個號碼可以或者膽敢拒絕這個屬於他個人的、因而也是最珍貴的特權。

各種想法默默地、衝突地在腦海裡翻滾。我彷彿乘著一架看不見的飛行器上升到藍天中，這藍天便是我心愛的抽象思考。在高空中，透過最純淨的稀薄空氣，我看到我關於「權利」的想法像個輪胎一樣「啪」地爆裂。我知道，這是出於一種返祖現象，一定是因為被古代人的愚蠢迷信傳染，我才有這種關於「權利」的想法。

有的思想是泥土捏出的，有的思想則是金子塑出、或者由我們寶貴的玻璃煉成的。想要知道某種思想是什麼材料做的，只要在上面滴上一滴強酸就成。古代人掌握的一種這樣的強酸就是「歸謬法」。我猜他們就是這樣叫的吧。不過，他們害怕這種毒藥；他們寧願相信自己看到的是天堂（其實只是個土製玩具罷了），也不願承認那只是藍色的一團空虛。而我們（無所不能者萬歲！）就不同了，我們是成年人，不需要什麼玩具。現在，我們不妨在「權利」思想上滴一滴強酸看看……即使是古代人（當然是他們之中最成熟的那些）也知道權利的來源是——力量！權利是力量的一種結果。我們自有我們的天平：一邊擺的是一克，另一邊擺的卻是一噸！一邊是「我」，另一邊是「我們」，即聯眾國。所以這還不夠清楚嗎？在國家面前，要說我有任何「權利」，這簡直就像在斷言一克在天平上可以與一噸抗衡！合乎情理的分配應該是這樣的：「權利」由「噸」享用，「義務」

讓「克」承擔。想要從一無所有發展到偉大，最自然而然的辦法就是忘記一個人是一克，並牢記一個人只是一噸的百萬分之一！

你們這些身體成熟、頭腦聰明的金星人啊；你們這些黑乎乎、鐵匠一般的天王星人啊，你們想必正以沉默表示抗議吧。可是，別忘了，偉大的東西其實都非常簡單。記住，只有數學的四則運算規則才是不可動搖、亙古不變的！也只有建立在這四條規則之上的道德，才是不可動搖、亙古不變的！這就是超級的智慧，這就是人們汗流浹背地奮鬥了幾個世紀之久，試圖攀上的金字塔高峰！

我們從這個高峰往下看，就會發現地面上仍舊殘留著蟲子一般猥瑣的東西，會發覺古人遺留在我們身體裡的東西全都是一個德性。O-90號非法的母性啦、謀殺啦、那個膽敢用詩歌嘲弄聯眾國子民的瘋狂啦，全都是同樣的東西；所以對他們的審判結果也都一模一樣——死刑。這就是那些住在石頭房子裡的古代人曾經夢想過的神聖公正，它在歷史的黎明時分，曾經被稚嫩的粉色晨光照耀過：他們的「上帝」曾經將褻瀆神當作一種最嚴重的罪行加以懲罰。

你們這些神情憂鬱、像古代西班牙人一樣有著深色皮膚的天王星人啊，你們非常聰明，知道如何燒死犯人，你們不說話了；我想，你們是同意我的說法的。不過，我聽到你們，膚色白嫩的金星人，在談論什麼「折磨、死刑、回到野蠻人狀態」之類的話。我親愛的金星人，我真憐憫你們！你們沒有能力做哲學和數學思考。人類歷史像一架飛行器，盤旋著向上發展。這些盤旋出的圈子有時候是金色的，有時候是血腥的，但是全都有三百六十度。從零度到十度，二十度，兩百度，三百六十度——然後又回到零度。是的，我們又回到零。可是對於一個能夠以數學思考的思想者來說，顯然這個零是不一樣的；它是一個嶄新的零。我們從零開始向右出發，又從左邊回到零。這樣一來，我們不再是位於正零，而是處於負零的位置上。你明白嗎？

這個零在我看來，是一塊安靜、巨大、狹窄的岩石，像刀刃一樣薄薄的。在可怕的黑暗中，我們屏住呼吸，從零號岩石位於黑夜的這一面起航。整整幾個世紀，我們這些哥倫布不斷地飄啊飄啊；我們環繞整個世界，最後——嗚啦！萬歲！我們爬上桅杆，眼前展開零號岩石嶄新的另一面。它沐浴在聯眾國的極光中——是一片覆蓋著彩虹的藍色大陸！周圍陽光萬丈！——足足有一百個太陽！一百萬道彩虹！就算我們與零號岩石位於黑夜的那一面僅以一片刀刃般厚的石牆相隔，那又如何？刀刃可是人類的發明中最堅固、最不朽、最充滿靈感的東西。刀刃是斷頭臺的關鍵部分。刀刃是切開難題的重要工具。鋒利的刀刃切割著矛盾，無所畏懼的思想正像這刀刃一樣……

筆記之二十一

作者的責任
冰膨脹著
最難做到的愛

昨天是該她來的日子，但是她沒有出現，只是又送來潦草的便條，什麼也沒說清楚。不過我的心情非常平靜。我遵照便條吩咐，走到值班控制員那裡，遞上粉紅票，回來放下窗簾，獨自待在房間裡；但是我做這一切並不是因為我沒有力量違背她的意志。聽起來有點可笑吧？其實一點也不可笑！我這樣做，原因很簡單：首先，我得躲開一切黏膩的微笑，才能夠安靜地寫這份筆記。其次，我害怕從她，也就是I－330號那裡，失去解開這一切不解之謎的線索，比如說衣櫃之謎和我的短暫死亡之謎。作為這份筆記的作者，我覺得解答這些謎團是我義不容辭的責任。此外，未知之謎顯然是人類的敵人。智人只有在完全解答這個字眼的祕密、直到他的標點符號中不再存在問號，只有驚嘆號、逗號和句號之後，才進化成為人。

因此，正是出於身為作者義不容辭的責任感，我今天在十六點乘飛行器趕去古代房子。一陣大風拂面而來，飛行器艱難地穿過叢林般的氣流，從不斷呼嘯、抽打的透明枝條中鑽過，下方的城市看起來好像一大堆藍色冰塊。突然，一團雲像個行動迅速、不透明的影子一樣遮住城市。冰塊變成了鉛塊似的，好像正膨脹著。這很像春天你在岸邊常會看到的景象：你感覺一分鐘之後，冰面就要膨脹、拉扯、碎裂！可是一分鐘過去了，冰塊仍舊毫無動靜；你感覺自己在膨脹，心跳得惶惶不安……可是，我為什麼要寫這些話呢？這些奇怪的感受到底來自何處？我們的生活是這樣一塊透明、堅固的晶體，又哪有什麼冰山可以撞得碎它？

古代房子門口空無一人。我繞著房子走，在綠牆附近遇到看門的老婦人，她正把手搭在涼篷上朝上看。只見綠牆後有些鳥兒，像一些刺眼的黑色三角形；牠們又飛又叫，朝看不見的電流籬笆撞去，一旦電流打到胸脯，牠們便抽搐著跌回去。

那張深色的、皺紋遍布的臉上突然閃過幾道莫測、短暫的陰影，她飛快地瞥了我一眼。

「沒有人，沒有人，沒有！沒有，而且你來這裡也沒用……」

怎麼會「沒用」呢？而且，她把我看成是哪個人的影子似的，這是多奇怪的想法呀，說你們所有人都不過是我的影子還差不多，這些天來難道不是我讓你們住進這些筆記的紙頁中嗎？它們不久前還只是白色的方形荒漠哩。沒有我的話，那些將被我引領到這些狹窄的文字小道上的人，他們能有機會和你們相遇嗎？

當然，我沒有對老婦人說這些話。根據經驗，我知道最讓人痛苦的事情，莫過於讓他懷疑他自己是否是一個真實的人了。所以我乾脆地告訴她，她的工作就是打開大門，於是她讓我進了院子。

院子空蕩蕩，很安靜。風被擋在圍牆外，就像很久之前的那天一樣遙遠——那天，我們倆肩膀挨著肩膀，兩個人彷彿融為一體，從下面的走廊走出——這真的發生過嗎？我走到石頭拱門下；腳步聲在潮濕的拱頂上迴盪，落到我身後，聽起來好像有人一直跟在我後面似的。露著塊塊紅磚的黃色牆壁透過它們的方形眼鏡，也就是窗戶，注視著我——注視著我打開咯吱作響的穀倉大門，研究各個角落、凹角和隱蔽的場所……我研究了籬笆上孤零零的一扇門；我看到兩百年戰爭紀念碑。我打量著從地面直扎出來那赤裸裸的石頭肋骨，又檢查了綠牆的黃色牙齒。我還看到有個古代爐子上有一根煙囪，像一艘永遠困在紅磚波浪中的海船。

我覺得以前似乎看到過這些黃色牙齒。我在回憶中隱隱能看到它們，就像透過一桶水看到底下的東西。我在腦海中開始搜尋：偶爾我會跌進個洞穴；我被石頭絆倒；生鏽的牙齒時不時勾住我的袖子；鹹鹹的汗水從額頭上淌進眼睛。

我到處都沒找到那個從下面的走廊出來的缺口——一無所獲！可能這樣更好吧。也許一切都只是我荒唐的「夢」罷了。

我精疲力竭，渾身掛滿蜘蛛網和灰塵。我打開大門，準備回到院子裡。突然……身後傳來沙沙響聲和踩水般的腳步聲；粉色翅膀一樣豎立著的耳朵和上下佝僂的微笑站到我面前，是S。他瞇著眼睛，眼裡的小鑽頭鑽進我心裡，問道：「散步嗎？」

我沒有回答，感覺手臂又重又沉。

「那麼，你現在感覺好點了嗎？」

「是的，謝謝。我覺得自己又恢復正常了。」

他放過了我。他抬起眼睛朝上看，我第一次注意到他的喉結；它看起來酷似一截從沙發裡戳出來的斷彈簧。

在我們上方並不是非常高的地方（大約五十公尺），飛行器正嗡嗡飛行。我透過低低的、緩慢的飛行和上面懸掛的觀察鏡認出了它們：這些是安全衛士的飛行器。不過，平時它們只出動兩到三架，今天卻達到大約十到十二架（我很遺憾只能提供一個約數）。

「為什麼今天有這麼多？」我壯起膽子問S。

「為什麼？嗯……好醫生總是趁病人仍舊健康，還沒在明天、後天或者一周後生病時就開始治療。未雨綢繆！這樣才對！」

他點點頭，啪啦啪啦踩著院子裡的石頭走開。突然，他轉過頭對我說：「小心點！」

又只剩我一個人了。沉默。空虛。綠牆外，鳥兒遠遠飛舞，風聲呼嘯。他是什麼意思？我的飛行器在風中急駛。雲層陰影時濃時淡。藍色穹頂下面，一塊塊冰似的玻璃立方體正像鉛一般膨脹……

同一天晚上。

我提起筆，想在這些紙頁上記錄下一些想法，我覺得這些想法對你們，我的讀者們，將會有點用處。我打算描寫的是即將到來的偉大的一致日。不過，我一坐下，就發覺現在我沒辦法寫作；相反地，我只是呆呆地聽著風用黑色翅膀拍擊玻璃；同時，我四處看著、等待著、期盼著……什麼呢？我不知道。所以，當我看到棕紅色魚鰓走進我的房間，不由覺得挺高興的，甚至可以說是打從心底裡感到快樂。她坐下來，純潔地撫平膝蓋上制服的一道皺紋。很快，她就把大量微笑敷貼到我全身。我臉上每個部位都收到一點微笑，這讓我覺得滿愉快的，感覺像個緊緊包裹在襁褓裡的古代嬰兒。

「你能想像嗎？今天，我走進教室的時候，」——她在兒童教育精煉廠工作——「我突然注意到黑板上有一幅漫畫。真的！我向你保證！他們把我畫成一隻魚的樣子！說不定我真的像……」

「不，不！妳為什麼要這麼說？」我急忙喊道。湊近她看的話，你就會發現她其實真的一點也不像魚鰓。我在這些紙頁上提到魚鰓時，實屬大大不敬。

「哦，反正也沒什麼關係。不過，想想看這種行為！當然，我立刻就向安全衛士報告了。我非常愛孩子們，我覺得最難做到、最崇高的愛就是——嚴酷。當然，你理解我的意思吧。」

「當然！」她的話語和我的想法如此貼近！我忍不住給她朗讀起我在〈筆記之二十〉中的那段話「各種思想默默地、衝突地在……」等等。我感覺她棕紅色的臉頰抽搐著，越來越挨近我。突然，她把堅定、乾燥，甚至還有毛刺的手指放進我的手心。

「請、請把這個給我吧。我要抄下來，讓孩子們背誦。不僅僅你的那些金星人需要它，我們自己也需要啊，現在就需要，明天、後天，都需要。」

她四下看看，壓低聲音說：「你聽到沒有？他們說在一致日那天——」我跳起來。「什麼？他們說了什麼？在一致日那天會怎樣？」房間裡溫馨、舒適的氣氛，甚至四壁，彷彿都突然煙消雲散。我覺得自己像猛然被拋到外頭般，那裡粗暴的狂風肆虐、黃昏雜亂的雲層正越來越低地壓下……U

勇敢而堅定地抓住我的肩膀。我甚至注意到她的手指應和著我的情感，正微微顫抖。

「親愛的，坐下吧，別激動。他們說了很多事情；我們難道全都要相信嗎？此外，只要你需要我，那天我會陪伴在你身邊。我會讓別人照顧學校的孩子們，我要和你待在一起，因為你呀，親愛的，你也是一個孩子，你需要……」

「不，不要！」我抗議地抬起手，「千萬不要！妳難道真的以為我是個孩子，以為我什麼也不會做，非得有人陪……哦，不！千萬不要這樣想！」（我必須向你們承認，我對那天另有安排！）

她微笑起來。這個微笑隱含的意思想必是：「哦，多麼倔強的孩子呀！」她又坐下來，垂著眼皮，用手仔細地撫平膝蓋上的制服。突然她腔調一變，出乎意料地說：「我想我必須得決定……為了你的緣故……可是我請求你，可不要催我呀。我必須想想清楚。」

……奇怪的翅膀徹夜在我周圍拍擊。我走來走去，用手護著腦袋，以免受到那些翅膀傷害。一把怪模怪樣的古代椅子像馬一樣蹦進來：先是邁起右前腿，然後是左後腿，然後是左前腿，然後是右後腿。它衝到我的床邊，爬上來。我喜歡這把木頭椅子，儘管它讓我不大舒服，有點兒弄痛我。

這真奇怪呀。難道就不能發明什麼治療做夢病的方法嗎？或者，難道就不能至少把它變得理性一點，甚至有用一點嗎？

筆記之二十二

凝固的波浪
一切都在進步
我是一個細菌

請想像你站在海邊。波浪正有節奏地湧起，退下，湧起……它們再次湧來時，突然凝固了，保持著這個姿勢一動不動！時間表規定的常規散步突然被迫終止，一切都陷於失控和混亂時，給人帶來的就是這樣一種古怪、不自然的感覺。上一次發生這種事，是在一百一十九年以前。根據歷史學家的紀錄，當時一枚隕星嘶嘶燃燒著落進隊伍當中。昨天，我們正照常散步，也就是說，像亞述紀念碑上雕刻的戰士一樣，一千個腦袋搭配著整齊劃一地邁步的腿和整齊劃一地揮動的手臂，大街盡頭的蓄電塔充滿威嚴地轟鳴著。突然，塔下出現一個四方形，前後左右都是衛兵，在他們形成的方框中心站著三個號碼，制服上的金色胸章已被扯下，我們痛心地明白了這件事的含義。塔頂巨大的鐘面看起來很像一張臉；從雲端俯視下方，一秒一秒地啐著，漫不經心地等著。它顯示正好是十三點〇六分整。四方形裡的人慌亂地奔跑。我靠得很近，看得一清二楚。我記得看到一個瘦長的脖子，太陽穴上有一團細小而雜亂的血管，像一個陌生世界的地圖上畫的河流，這個陌生的世界顯然屬於一個很年輕的人。他肯定認出了我們人群中的哪個人，只見他停下來，踮起腳尖，伸長脖子。一個衛兵用電流鞭劈啪作響的藍色電光抽打他的後背——他像隻小狗一樣用尖細的聲音哀號起來。一下一下的抽打，大約間隔每兩秒鐘一次；抽打一下就是一聲哀號，抽打一下就是一聲哀號……我們若無其事地以亞述戰士的風格，繼續有板有眼的散步。我觀察著電流火花劃出的優雅曲線，心想：「正如它應該的那樣，人類社會始終在不斷進步。古代的鞭子是多麼醜陋呀，而現在的又是多麼美麗……」

那個當下，就像一枚螺帽從飛輪上全速脫離似的，我們的行列中，撲出一個瘦瘦的、身體靈活而結實的女性號碼。她哭喊著：「夠了！別再打他了！」她直衝進四方形裡。正如一百一十九年前那枚隕星一樣，阻止了我們的行進，使我們的隊伍變得像瞬間被嚴寒凍僵的浪頭。我像其他人一樣，像看個陌生人一樣打量那個女人的背影。她不再是個號碼，她只是一個人類，她能讓我們聯想到的，只有她對聯眾國施加的侮辱。不過，她做了一個動作，朝左一扭一彎腰，這使我突然認出她。我認識這個身體，這個像鞭子一樣靈活的身體！我的眼睛、我的嘴脣和我的雙手都認識她；那個當下，我絕對確信她就是……兩個衛兵衝過來抓她。馬上，那片鏡面般清澈的人行道就要變成這兩股人的軌道交會點，她就要被抓住了！我的心咯地一下停止跳動。我根本無暇考慮是否合法，是否合理或荒謬之類問題，毫不遲疑地朝那個交會點撲過去。

我感覺到成千上萬雙眼睛驚恐萬狀地盯住我，但這僅僅給那個有著毛茸茸爪子、從我體內湧出，越來越快地飛奔著的野蠻人增加了一絲絕望的快樂。我再跨兩步……她突然轉過身……

我看到一張顫抖的臉，上面布滿雀斑，長著紅色眉毛……不是她，不是I-330號！

我感到一陣突如其來的快樂顫抖。我想喊幾句：「抓住她，抓住這個……」之類的話，不過我只聽到自己發出幾聲咕噥。一隻沉重的手落到我肩膀上；我被抓住了。我試圖對他們解釋：「聽我解釋呀，你們得相信我，我以為是……」

可是我連對自己都無法解釋清楚這份筆記中記錄的這些病徵。我住了口，順從地等待。我就像一片從樹枝上被狂風猛然刮下的樹葉，卑賤地墜落，不過一路上還是試圖抓住每根小樹枝、每個樹杈，每個樹結；我求助地看向沉默的球形腦袋、牆上透明的冰塊和蓄電塔那彷彿直插入雲霄的藍色指針。

一層厚重的窗簾即將落下，把我和美麗的世界分隔開。就在這時候，我注意到不遠處有一個熟悉、巨大的腦袋，正沿著人行道鏡子般的路面滑來，晃動著翅膀一般的耳朵。我聽到一個熟悉、語調平淡的聲音：「我認為我有責任證明D-503號生病了，無法控制自己的情緒。此外，我相信他是因為自然的憤怒之情才……」

「是的！是的！」我喊道：「我甚至喊了『抓住她』！」

我身後傳來一個聲音：「你什麼也沒有喊。」

「是的，但是我想喊的。我向無所不能者發誓，我想喊的！」

我被灰色、冷酷的、鑽頭般的視線鑽入心裡一般看了一秒鐘。我不知道他是否相信我說的是事實（幾乎是！），或者他是否有什麼要暫時放過我的祕密理由，不過他寫了一個簡短的字條，遞給抓著我的人之一，我就重獲自由了。也就是說，我又被納入井井有條、無窮無盡、像亞述戰士一樣的號碼隊伍中。

四方形、長雀斑的臉以及有著地圖花紋般的藍色小血管的太陽穴，都從那個角落永遠消失了，我們繼續行進，有如一個有著百萬顆頭顱的身體，而我們每個人都好像分子、原子和細胞一樣，心中湧動著一種謙遜的快樂。

古代人中的基督徒想必也有過這種感覺；他們是我們唯一的、儘管是極其不完美的直系祖先。他們知道「羊群的教會」的偉大意義。他們知道順從是美德，驕傲是邪惡；「我們」源自「上帝」，「我」源自「魔鬼」。

我和其他人以同樣的節奏前進，卻又像和他們之間隔著什麼。我仍舊因為剛才的情感發抖著，好像一座剛剛開過一列轟鳴的古代火車的橋梁。我感覺到自己的存在。只有摻進煤屑的眼睛、發炎的手指或者蛀壞的牙齒才會不得不感覺到自己的存在和個性。健康的眼睛、手指或者牙齒是不會有感覺的，就好像自己不存在一樣，所以這再清楚不過：對於自身存在的意識是一種疾病。

顯然，我再也不是一個循規蹈矩、有條不紊地吞噬著細菌（有著雀斑臉和藍色太陽穴的細菌）的吞噬細胞；顯然，我自己也是一個細菌，她，I－330號，也一樣是一個細菌，一個美妙的、魔鬼般的細菌！很有可能的是，我們當中已經出現了成千上萬個這樣的細菌，他們全都和我一樣，只是假裝是個吞噬細胞而已。要是今天這場其實無足輕重的事故只是一個開頭，只是「無限」朝我們的玻璃天堂轟然砸下那一系列滾燙石頭雨中的第一枚隕星，這該如何是好？

筆記之二十三

花
晶體溶解
只要（？）

據說，有種花一百年才開一次。那麼為什麼不假設也存在著一千年才開一次的花呢？我們一直對它一無所知，直到發覺今天就是「一千年一次」的這一天。

我與高采烈又暈頭轉向地朝樓下的值班控制員走去；我的目光所及之處，周圍到處都悄無聲息地綻開一千年一次的花蕾，所有事物都翩翩開放：扶手椅、鞋子、金色的胸章、電燈泡、某個人深色陰鬱的眼睛、光滑的扶手、一塊遺忘在樓梯上的手帕，控制員沾滿墨跡的小桌子，以及U溫柔、棕色、有點雀斑的臉頰，一切都顯得非同凡響，簇新、柔媚、濕潤。U從我手中接過粉紅票，這時芬芳的藍月亮彷彿正掛在看不見的枝頭，透過玻璃牆壁，用光輝籠罩住U的頭部。我用一個莊嚴的手勢，指了指天上：「月亮。看見了嗎？」

U瞥了我一眼，又看看票根上的號碼，然後又做出那個熟悉而迷人的純潔動作：撫平膝蓋上的制服皺紋。

「你看起來有點怪呢，病懨懨的，親愛的。古怪和疾病是一回事。你正在殺害自己呀。沒有人會提醒你這點，沒有人！」

那個「沒有人」對應的顯然是票根上的號碼，I－330號。一團落到數字330附近的墨跡更證實了我的猜測。親愛的，可愛的U！你當然說得沒錯，我不可理喻。我病了，我有一個靈魂，我是一個細菌。但是，開花難道就不是一種疾病了嗎？花蕾綻放時，難道就不痛苦嗎？你難道不覺得精子是所有細菌中最可怕的一種嗎？

我上樓回到房間，寬大的扶手椅裡坐著I－330號。我伏在地上，摟住她的腿，頭枕在她大腿上。我們倆都沒有說話。周圍一片寂靜，只能聽到心跳聲。我像一塊晶體一樣，在她，在I－330號體內溶化。像一塊晶體一樣，我清晰地感覺那幾面將我限制在空間中的光滑切面慢慢溶解、消失。我在她的大腿上、在她體內溶化，我越化越小，同時又越變越大，大到無法無天。因為她不再是她本人，而是整個宇宙。我和床邊這把扶手椅欣喜若狂地融為一體。古代房子門口那個親切微笑著的老婦人、綠牆外的野蠻廢墟、黑色背景前古怪的銀色殘骸（它像那個老婦人一樣昏睡著）以及遠處門「砰」的一聲響——這一切都被包容進我體內，傾聽著我的心跳，在至樂的幾秒鐘裡翱翔。

我可笑地、語無倫次地、喋喋不休地訴說著，試圖告訴她我是一塊晶體，我身上打開了一道門，我覺得在這把扶手椅上無比快樂。不過，我的嘗試只炮製出一堆毫無意義的廢話，我住了口，感到羞愧難當。

突然我喊道：「親愛的I！原諒我！我什麼都不明白，我說的都是蠢話！」

「你為什麼覺得愚蠢不好呢？要是我們像傳授人們智慧一樣的費盡心機花好幾個世紀時間教人們愚蠢，那它說不定早已成為一種非常寶貴的東西了。」

我覺得她是對的！這個時候，她的一切話語都是至理名言！

「因為你的這些蠢話，還有你昨天散步時做的事，我更加愛你了。」

「那麼妳為什麼要折磨我？為什麼妳不來？妳為什麼送票，又讓我……」

「可能我是想考驗你吧。也許我是想確定你會完全照我的話做，完全屬於我。」

「是的，我完全屬於你。」

她用小手捧起我的臉和整個的我，讓我抬起頭。

「那麼『每個誠實的號碼的責任』呢？嗯？」

甜蜜的、鋒利的白色小牙齒——一個微笑。扶手椅上的她看起來像是一隻蜜蜂，渾身既有尖刺又有蜜汁。

是啊，責任……我在腦海裡翻閱我的筆記；確實，我不曾考慮過這個事實：嚴格地說，我應該……

我沉默了。隨後我又快樂地，可能也非常愚蠢地微笑起來，盯著她的瞳孔。我看完一隻眼睛又看另一隻，在兩隻眼睛裡，我都看到我自己，一個縮小的自我囚禁在這些小小的彩虹房間裡。然後，我又享受起她的嘴唇和開花時的甜蜜痛苦。

聯眾國的每個號碼體內，都有一個看不見的節拍器默默跳動；我們無須看鐘，就可以精確地知道時間，誤差不超過五分鐘。可是，現在我的節拍器停止了，我不知道多少時間過去了。我戰戰兢兢從枕頭下摸出附帶錶的胸章。偉大的無所不能者啊！我還有二十分鐘呢！不過，這些時間是多麼微不足道！它們轉瞬即逝！而我有那麼多事情想告訴她。我想告訴她我自己的一切，關於從O那裡收到的信，以及我給了她一個孩子的那個可怕夜晚。出於一些原因，我還想告訴她我的童年，我們的數學家「啪啦啪」，還有-1的平方根的問題；以及有生以來第一次參加聯眾國的一致日慶祝活動時，我怎樣因為在制服上發現一團墨跡而痛哭失聲——在如此神聖的日子裡出這種事！

I-330號把頭枕在手臂上。她嘴角有兩道細細的長線，挑起的深色眉毛彎成弓形——正好形成一個十字架圖案。

「也許在那天……」她的眉心微蹙，抓住我的手，緊緊按住，「告訴我，你會原諒我嗎？你會永遠記得我嗎？」

「為什麼要這麼說？怎麼了，I，親愛的？」

她沉默了。她的眼睛已經滑過我，穿透了我，迷失在遙遠的什麼地方。我突然聽到風用巨大翅膀拍擊玻璃牆的聲音。當然，它的拍擊一刻未停，可是我直到現在才注意到。不知為什麼，我突然想到綠牆上方那些上下跳動亂飛亂叫的鳥兒。

I－330號像是要甩掉什麼東西似的搖了搖頭。她又一次用整個身體貼緊我又離開，像一架飛行器在完全著陸前猛地觸一下地面又飛快全力彈起。

「好啦，把絲襪遞給我，快！」

絲襪在桌上，正好在攤開到第一百二十四頁的手稿旁邊。我匆忙中抓到幾張紙，它們散落到地板上，想要重新按順序放好應該是件麻煩事。此外，哪怕我照原樣整理好，也不可能恢復真正的秩序了；有重重阻礙使得我難以做到，一些尚不知曉的未知障礙橫亙於面前。

「我受不了啦，」我說：「妳在這裡，就在我身邊，可是又好像隔著一道不透明的古代牆壁；我透過那堵牆，能聽到沙沙響和說話的聲音，但是我既聽不出說的是什麼，也看不到那裡有什麼。我受不了這個。妳好像始終有什麼事瞞著我，妳從來不告訴我，那天我在古代房子下面走的路是哪裡，那些走廊通往什麼地方？醫生為什麼也在那裡——或者難道這一切從來沒有發生過？」

I－330號把手按在我的肩膀上，慢慢地深深看進我的眼睛。「你想知道一切？」

「是的，我想知道。」

「你什麼地方都敢跟我去嗎？不管我帶你去哪裡？」

「哪怕是天涯海角！」

「好吧，我向你保證，等節日過去以後，只要……哦，對了，還有你的『積分號』呢。我每次都忘了問，它快要建好了嗎？」

「沒有。『只要』什麼？你剛才說的『只要』什麼？」

她已經走到門邊：「你會知道的。」

又只剩我一個人了。她留下的只有一點點香氣，聞起來很像綠牆後面一叢叢甜蜜、乾燥的黃色花朵；此外，她留給我無數個小問號，就很像古代人用來釣魚的那種魚鉤（參見史前博物館的史料）。

她為什麼突然問到「積分號」？

筆記之二十四

函數的值域
復活節
劃掉一切

我就像一臺轉速過快的馬達；軸承已經過熱，不到一分鐘，融化的金屬就會滴答滴答流淌而下，整臺機器就要壽終正寢。冷水！快呀！來點邏輯吧！我把它們一桶一桶澆上去，但邏輯只是在火熱的金屬表面嘶嘶作響，隨即蒸發到空氣中。

當然，為了給函數確立真正的意義，我們必須設定它的值域。顯然，昨天的「溶化在宇宙中」的值域就是死亡。死亡正是自我在宇宙中的最完全溶化。所以，L＝f（D），愛情是死亡的函數。

對啊，對啊！正是因為這個，我才害怕I－330號；我掙扎著想抵禦她，我不想……可是，為什麼在我的腦子裡，「我不想」和「我想」總是並駕齊驅呢？最可怕的就在這裡：我不斷思念著昨天幸福的死亡。儘管我已經推斷出邏輯函數，而且清楚地得出這個函數的死亡結果，可是我仍思念著她，我的嘴，我的心，我全身各處都思念著她……

明天就是一致日了。到時候她當然會出現，我就可以見到她了，儘管只能遠遠地看到她。我們之間的距離一定會讓我倍感痛苦，我會不可避免地想靠近她，湊近她，而能觸摸她的手啊、肩膀啊、頭髮啊……我甚至對這種痛苦也萬分憧憬……讓它來吧……偉大的無所不能者啊！我居然憧憬痛苦，這是多麼荒謬啊！誰都知道痛苦是負面的，它削弱了我們所謂「幸福」的整體分量！所以……唉，哪有什麼「所以」呢……只有空虛……只有無能為力！

同一天晚上。

透過玻璃牆，我看到房子外面，大風中，正有一場讓人心動的日落。我挪了挪椅子，避開粉紅色的光線，打開筆記本。我發現自己忘記了這一點：我做這些筆記，目的不是為了我自己，而是為了你們這些我所熱愛和憐憫的陌生人，是為了你們這些落後了幾個世紀之久的人們啊。那麼，我最好解釋一下一致日這個偉大節日。我想，它對我們的意義大致相當於復活節對古代人的意義。我記得我過去總會在這個節日前夕準備一份標著小時的時間表；每過一個小時，我就虔誠地劃掉一個數字：差不多只剩一個小時了！只剩不到一個小時了！……我向你保證，如果沒有人看到的話，我現在也會製作這樣一份時間表，隨時關注離明天還有多少小時，因為到那時我就將見到……儘管得隔著一段距離……

（我被打斷了。商店剛剛送來了一套新制服。按照慣例，我們在明天的慶祝之前，都會得到新制服。大廳裡腳步頻繁，人聲鼎沸，充滿喜慶氣氛。）

我繼續寫筆記吧。明天，我將看到我們每年都會經歷的景象，而每次看都像是有生以來第一次見到這一幕似的，心情激動萬分：壯觀的人群，大家都虔誠無比、整齊地舉起手臂。明天就是無所不能者的年度選舉日，明天，我們會再次將我們堅固無比的幸福堡壘鑰匙交給無所不能者。當然，這與古代人那種亂七八糟、毫無組織的選舉完全迥異，古代人甚至不能提前知道選舉結果（這實在太可笑了！）。以一些難以預測的偶然性為基礎，盲目地建設一個國家──還有比這更荒唐的事嗎？可是，人類要花好幾個世紀才意識到這一點！

無須贅言，我們在這件事上，就像在其他所有事情上一樣，根本不容偶然性藏身！任何意料之外的事件都不可能發生。選舉本身具有的是一種象徵意義。它表明我們是一個統一、強大的組織，由上百萬個細胞組成，而且──借用古代人《福音書》裡的話──我們是一個統一的教會。聯眾國歷史上的這個神聖日子裡，從來不曾出現過任何一個聲音，挑戰我們偉大的和諧一致。

人們說，古代人習慣於像小偷一樣，祕密地、偷偷摸摸地投選票。我們的一些歷史學家甚至指出，他們會改裝去參加選舉儀式。想像一下這種古怪、滑稽的場景吧！深更半夜，廣場上，沿著牆根有一些偷偷摸摸前行的人影，他們嚴密地藏在披風下，火炬的紅色火焰在風中飛舞……為什麼要這樣偷偷摸摸呢？這一點從來沒有得到過什麼合理解釋。也許，這是因為那時候的選舉總是與一些神祕的、迷信的，或者甚至是犯罪的儀式綁在一起的緣故吧。我們則沒有任何要掩飾或者為之羞愧的東西；我們堂堂正正地在光天化日之下慶賀選舉。我看到所有人都投了無所不能者的票，所有人也都看到我投了無所不能者的票。難道還會有什麼別的可能性嗎？要知道「所有人」和「我」組合在一起就是一個「我們」呀。與古代人那些怯懦、猥瑣的「祕密」相比，我們的選舉是多麼高貴、誠實和高尚！而且也簡單方便得多！為了預防那實際上絕無可能的事情，也就是萬一，在我們始終如一的團結一致中出現不諧和音，我們的隱身安全衛士總是散布在我們之間。他們尋找著那些有可能犯錯的號碼，將他們從任何進一步的錯誤舉動中挽救出來！聯眾國是他們的，是號碼們的！此外……

透過牆壁，我看到左邊有一個女性號碼正站在衣櫃鏡子前；她正匆忙解開制服，一下子就裸露出——眼睛，嘴脣，兩個尖尖的、粉色的……窗簾落下。我身體裡，昨天發生過的一切突然再度覺醒，我再也不知道自己剛才寫下「此外……」時想說什麼。不管是什麼，我都再也不想說了——沒法說了。我只想要一樣東西。我想要I－330號。我想要她每分每秒都陪著我，不陪其他人。我寫的那些關於一致日的東西全都是廢話，那根本不是我想要的，我有種劃掉一切的欲望，想把它們撕成碎片，遠遠扔掉。因為我知道（就算這是悖理逆天之言吧，但這是真話）：只有和她在一起，只有我們肩並肩緊緊挨著，才可能有什麼喜慶的節日。如果沒有她，明天的太陽在我眼中將只是一個錫紙剪出的小圓盤，天空將只是一張塗成藍色的大錫紙，而我自己將只是……

我抓過電話聽筒。

「I－330號，妳在嗎？」

「是的，是我。這麼晚還打電話？」

「可能還不算太晚。我想請求妳……我希望妳明天和我待在一起——親愛的！」

我壓低聲音說「親愛的」。不知為什麼，今天早晨我在製造臺上看到的一樣東西突然在腦海裡一閃：有人大概是為了好玩，把一只錶放到百噸大錘下面，錘子猛然一砸，隨著下墜帶出一股冷風，沉默的、無堅不摧的百噸重量碾過脆弱的錶……

那頭一陣沉默。我覺得有人在I-330號的房間裡喃喃地說著什麼。然後我又聽到她的聲音：

「不，我不能那樣。你當然知道我早已安排了事情……不，我做不到。……『為什麼？』明天你就知道了。」漫漫長夜，要到何時才會天亮？

筆記之二十五

天降儀式
史上最大的一場災難
已知——已不復存在

清晨，大家都起床了，讚美歌像一幅莊嚴布幕，慢慢罩上我們的腦袋。音樂塔成千上百的管子齊鳴，上百萬人歌聲震天。我頓時忘記了一切，我忘記了I-330號對今天的慶祝活動暗示過的警告，我覺得自己甚至忘記了她本人。此刻，我恢復成那個因為制服上沾到一點無人注意的墨跡而失聲痛哭的男孩。哪怕沒有人看到我身上有難以除去的黑色汙點，但是我自己知道它的存在，不是嗎？我知道在這些坦蕩、問心無愧的人當中，像我這樣一個罪犯是沒有位置的。要是我衝出去，叫喊著供出一切罪過，那該多好！雖然如果那麼做，我肯定是死路一條，但是，就這麼做吧！至少，我會暫時覺得自己乾淨誠實，就像藍天一樣純潔……

所有眼睛都朝上看著，清晨純淨的藍天中還殘留著一絲濕潤的夜晚之淚。天上出現一個小小的黑點，很快就變大了。現在，已經沐浴在陽光中。是他，從天而降，他——新一代的耶和華——坐在一架飛行器上，他像古代的耶和華一樣睿智，充滿親切的殘酷之情！他來了！越來越近！上百萬顆心一齊向他撲去，他已經可以看到我們了！我覺得彷彿自己就在他身邊，從高空俯瞰一切：一圈圈同心圓形狀的座位，上面點綴著由藍色制服組合而成的一條條長線，成了一個點綴著無數微型太陽（也就是我們閃閃發亮的胸章）的大蜘蛛網。圈子中央是睿智的白色蜘蛛所在位置，他很快就要出現了——無所不能者將身著白衣，睿智地將我們的手腳束縛在有益的幸福之網中。

壯觀的天降儀式結束，響亮的管樂頌歌告一段落後，大家紛紛就座。突然，我覺得全身好像真的裹著一團纖細的蜘蛛網，蛛絲細細地、顫抖地伸展著——這些細線好像隨時會繃斷，一些不可思議的事情很快就要發生……

我坐直身體，環顧四周。我看到許多雙親切的眼睛，帶著焦慮的眼神，搜尋一張又一張臉。還看到有個人抬起手，幾乎難以辨別地晃動手指——他在對另一個人打手勢。後者同樣晃動手指作答。又有一個人……我明白了。他們是安全衛士。看來他們察覺出什麼問題，蜘蛛網被顫巍巍地繃緊。我的心彷彿也調到同一波段，和它一起震顫。

講臺上，一名詩人正在吟誦選舉頌歌。我一個字也聽不進去，我只能感覺到詩歌韻律有節奏地顫動，隨著每次顫動，我都感覺到某個時刻越來越近……我不斷一張又一張臉看過去，像一頁一頁地翻著一本書，可是始終找不到我唯一想見的那個人。我需要立刻找到她，因為等詩歌的音節再顫動一下，就會……

突然，我看到了他，是他！下方，主席臺前閃閃發亮的玻璃上，一個身影一晃而過，翅膀一樣的耳朵搧動著，上下佝僂的S動著，好像一個套索，正往座位當中一些祕密地方套去。S和I-330號——他們之間總好像有條線索相連，我一直都有這種感覺。我不知道這條線索是什麼，可是總有一天我要解開它。我盯緊S，他跑向遠處，身後牽著根看不見的蛛絲……猛然間，他停住了，那裡有……我目瞪口呆，渾身僵直，彷彿被閃電的高壓電流擊中：就在我這一排，離我不到四十度角的地方，S站住，鞠了個躬。我看到了I-330號，她身邊坐著微笑的、結實的、長著黑人般厚嘴唇的R-13號。

我第一個念頭是撲向她，質問她：「為什麼和他在一起？為什麼你不想和我……」可是有益的、看不見的蜘蛛網緊緊裹住我的手腳，我只能咬著牙，像鐵人般一動不動。我心裡感到一陣扎扎實實的劇痛。我記得自己當時還想：「如果非物理存在的原因居然能夠造成切實的痛苦，那麼顯然……」

很遺憾，我沒有得出什麼結論。我只記得腦海裡晃過一些關於「心」的想法；我突然想到一句關於「心」的毫無意義的古代諺語。詩歌終於結束。我的心突然一沉：它要開始了。可是「它」究竟是什呢。

按照慣例，選舉前大家有五分鐘時間休息。這段時間照例在一陣沉默中過去。不過，今天這顯然不是從前那種虔誠的、簡直像是祈禱般的沉默，而是有點像尚未馴服的古代天空，彷彿正醞釀著「暴風雨」，隨時蠢蠢欲動。我感覺彷彿正經歷著古代才有的那種「暴風雨前的平靜」。空氣像是由鑄鐵散發出的透明蒸汽製成，你得張大嘴才能喘上氣。我把耳朵的注意力集中在那個令我痛苦不堪的點上，聽到那裡傳來一種老鼠般偷偷摸摸的竊竊私語。我不用抬眼就能看到那兩個人，I－330號和R－13號，正肩並肩緊挨在一起——我擱在膝蓋上的手顫抖著，又陌生又討厭，毛茸茸的……

大家都盯著附時鐘的胸章。一……二……三……五分鐘過去了。從主講臺上傳來一個鑄鐵般凝重的聲音：「贊同的人請舉手。」

但願我有勇氣像從前那樣直視他的眼睛！但願我能夠用心靈呼喚，「我全身心支持你，請接納我的投票吧！」可是，我現在沒有了勇氣。我只能勉強舉起手，彷彿關節生了鏽。

上百萬隻手喃喃低語。有人低低感嘆，「呀。」我感到要出事了，風雨欲來，可是我卻不知道究竟會怎樣，也沒有勇氣或者力量抬頭看看……

「反對的人請舉手？」

這向來是儀式中最偉大的時刻：所有人都將一動不動地坐著，在這個眾號碼之王提供的有益枷鎖下快樂地低垂著腦袋。不過現在，我再次驚恐地聽到一陣沙沙聲——就像嘆息聲一樣輕微，可是又比演奏著《聯眾國頌歌》的銅管樂還要響亮。這聽起來就像一個人臨終時那聲嘆息，他周圍的人都會臉色蒼白地看著他，額上布滿冷汗……這時我抬起眼睛，看到……

只要百分之一秒就足夠看清楚了：我愕然地看到成千上萬隻「反對」之手高舉。我看到I－330號蒼白、有十字架般紋路的臉和她高舉的手。我感覺到眼前一黑。

又過了百分之一秒。在一片死寂的沉默中，只聽到瘋狂的心跳聲。然後，彷彿收到了一個瘋狂指揮發出的信號似的，看臺各處都傳來騷動聲、喊叫聲，無數制服像被旋風捲起般站起來，安全衛士慌張的身影橫衝直撞。有人的腳在我眼前上下竄動，有的人張大著嘴，發出撕心裂肺卻聽不到的呼喊。不知何故，這一幕在我記憶中長留不去：成千上萬張嘴沒有聲音地呼喊著，好像一幕恐怖的電影。此外，好像也在放電影一般，我看到O-90號突然在遠處低一點的地方閃現了一下，她貼著走道的牆壁，嘴脣發白，她的手臂交叉著護住腹部，不過很快的我就看不到她了。她要不是像被這騷亂的浪頭捲走一樣消失不見，就是我根本忘了她的存在，因為……

這一切不再只是在電影中發生，而是就在我身邊，就在我痛苦的心裡，在我瘋狂跳動的太陽穴中。在我左上方，R-13號突然跳上一張長凳，口沫飛濺，臉色通紅，充滿瘋狂。他懷裡摟著I-330號，她臉色蒼白，制服從肩膀到胸口都被扯開，雪白的皮膚上染著殷紅鮮血。她緊緊摟住他的脖子，他則大步從一張椅子跳到另一張椅子，像大猩猩一樣有力、靈活，摟著她逃開。

就像在古代的大火災中一樣，我周圍一片通紅。我腦海裡只有一個想法：跟上他們，抓住他們。我搞不清楚哪來的力氣，像攻城槌一樣砸向人群，踩上人們的肩膀，跳過一條條長椅，很快就衝到他們身邊，抓住R-13號的領口。

「放開她！放開她！我警告你！你給我馬上……」

幸運的是，誰也聽不到我在喊什麼，因為大家都在喊叫、狂奔。

「是誰？怎麼回事？怎麼……」R-13號轉過身，飛濺唾沫的脣顫抖著。他顯然以為是那些安全衛士之一來了。

「我不要……我不允許……立刻放下她！」

可是他只是口沫飛濺，搖了搖頭，繼續跑著。於是我——我實在羞於寫下這些，可是我必須如實記載，以便你們，我不知名的讀者們，能夠對我的病進行完整的研究——於是我用盡全力一拳打中他的頭部。你明白嗎？我打了他。我記得一清二楚。我還記得隨著這個舉動，我有種解放的感覺，一種輕鬆感頓時遍布全身。

I-330號飛快地溜出他的懷抱。

「快走！」她對R喊道：「你看不出來嗎？他……快走吧！」

R-13號齜了齜黑人般的白牙，對我的臉口沫飛濺地喊了點什麼，一彎腰消失了。我抱起I-330號，把她緊緊抱在心口，帶著她跑開。

我的心狂跳，彷彿變得巨大無比。每跳一次，都湧出一股雷電般熾熱、快樂的波浪！一個念頭閃過：「讓他們，下面的那些人，讓他們在騷亂中推擠、喊叫跌倒吧！就算有什麼東西崩潰，有什麼東西被粉碎成塵土，那又怎樣？根本無關緊要！重要的只是能繼續這樣抱著她，抱著她，抱著她……」

同一天晚上，二十二點整。

我幾乎拿不動筆了。今天早晨經歷了那麼多令人眼花繚亂的事件，我已經精疲力竭了。聯眾國那堅不可摧、造福人類、綿延了幾個世紀之久的大牆難道已經倒下了嗎？有沒有可能我們都再次變成頂無片瓦的人，倒退回我們古老祖先的野蠻自由狀態？有沒有可能我們已經失去我們的無所不能者？「反對者」出現在一致日——反對者！我為他們感到羞愧，深深的、痛苦的羞愧……可是「他們」

是誰？我又是誰？「他們」，「我們」……？我真的知道嗎？

我還是繼續記錄吧。

她坐在我帶她去的地方，也就是最上面一排被太陽曬得發燙的玻璃椅子上。她從右肩一直到那美妙的、難以計算的弧線部位都裸露著——上面有一絲非常纖細的蛇樣血跡。她好像對血或者裸露的胸部都毫不在意。不，這樣說才對：她彷彿注意到了這些，而且覺得她正合適，假如她的制服被扣好的話，她說不定也會自己扯開，會……

「那麼等到明天吧！」她緊咬牙關，透過小白牙齒的齒縫，輕聲對我說：「明天，沒有人知道會怎樣……你明白嗎？我或者任何人都不知道；它是未知的！你知道這是多麼快樂的事嗎？你知道嗎？一切不可動搖的事情都已經結束，未來……將是全新、不可思議、難以預測的！」

下面的人浪仍舊在翻騰、冒泡，吼叫，但是顯得非常遙遠，而且越來越無關緊要，因為她正凝視著我。她慢慢用瞳孔上的金色小窗把我吸進她體內。我們這樣沉默地對視很久。不知為什麼，我想起了有次我曾經透過綠牆，看到過一雙奇怪的黃色眼睛，而當時綠牆上方，鳥兒正翱翔著（或者鳥兒是另一次看到的）？

「聽著，要是明天沒有什麼特別的事情，我要帶你到那兒去，你懂我的意思嗎？」

不，我不懂，不過我默默點點頭。我溶化了，變成一個點，一個幾何學意義上的點……

對了，說到成為一個點，這裡面還是有點邏輯的——一種適用於今天的特殊邏輯。點比其他實體擁有更多的不確定性，要是一個點開始移動，它既可能形成成千上萬條曲線，也可能形成成百上千個立體。

我害怕移動。我一旦開始移動，會變成什麼？我覺得現在所有人都和我一樣，害怕移動，哪怕那是最微小的移動。比如，正當我坐著寫東西的此刻，大家都藏在自己的玻璃小房間裡，坐觀事態變化。平日這個時候，經常會傳來電梯運行聲、笑聲和腳步聲，現在這些都消失了；偶爾，號碼們結伴走過大廳，躡手躡腳、竊竊私語……

明天會發生什麼？我明天會變成什麼？

筆記之二十六

世界的確存在

疹子

41℃

清晨來臨。透過天花板，我看到天空一如既往，是結結實實、紅彤彤的一塊圓形。我覺得看到這塊正常的天空，比看到太陽變成方形，或者看到人們穿著獸皮製的五彩服裝，或者發現牆壁變成不透明的石頭牆都更出乎意料。這麼說來，這個世界，也就是我們的世界，仍舊存在？或者說，一切只是出於慣性才維持著？難不成發電機已經關閉，機器卻逕自繼續咆哮、轉動，得再來兩三場革命，直到第四場，才會壽終正寢？

你熟悉這種奇怪的狀態嗎？你半夜醒來，睜開眼睛，突然發覺自己迷失在黑暗中。你趕緊開始四處摸索，你在《聯眾國報》上尋找，快找，快找，快找找看啊——於是我找到這段話：

大家盼望多時的一致日慶祝活動於昨天舉行。曾無數次證明他的無上智慧不可動搖的無所不能者獲得一致通過，連續第四十八次全票當選。慶祝活動中出現了一點騷亂，騷亂分子都是幸福的敵人，所幸他們為數不多。這些人由於其行為，自然喪失了擔任聯眾國基石的資格。眾所周知，他們的選票全部作廢，因為如果不這麼處置，我們不就相當於把闖進音樂廳病人的一聲咳嗽也視為一場偉大交響樂的一部分了嗎？

啊，偉大的智者啊！我們畢竟還是得救了！對這段毫無瑕疵的三段論，誰能夠提出反對？接下來還有幾行字：

今天十二點鐘，行政部、醫療部和安全衛士部將召開一次聯合會議。屆時將制定一部重要的國家法令。

哦，綠牆依然矗立不倒，毫髮無損！我能感覺到這一點。至於那種迷失在什麼地方，不知身在何處的感覺——突然無影無蹤。我再也不覺得頭上的藍天、圍繞著我全身的陽光，還有那些像平時一樣出門上班的號碼們有什麼奇怪的……

我沿著大街，堅實有力地邁著大步。我覺得所有人都和我一樣，充滿信心地前進。不過，我走到十字路口，剛要轉彎時，發現一件怪事：人們都側著身子繞開一幢建築物，好像牆上有根管子爆裂，冷水像噴泉一樣噴到人行道上，只能繞著走似的。

我又邁了五到十步，頓時感覺真有股冰水沖到腳邊，不由得往旁邊一躲：牆上大約兩公尺高處，貼著一張方形的紙，上頭寫著兩個潦草、邪惡的綠色大字：

梅菲

紙的下方，站著一個S形狀的佝僂身影，他翅膀一樣的耳朵因為憤怒或者激動而顫抖著。他死命伸出右手，左手臂絕望地垂在身後，像一隻受傷的翅膀。他正努力跳起來，想撕下那張紙，可是怎麼也搆不到，總是差了五十公分左右。

也許，所有路過的人都想著一樣的念頭：「要是我這樣一個普通人去幫他的話，他會不會認為我是因為作賊心虛才……」

我承認，我也有這種擔心。不過，想到有那麼多次他都擔任了我的守護天使，那麼多次救下了我，我不由得挺身而出，勇敢地、充滿信心地伸出手，撕下那張紙。S轉過身，小鑽頭飛快地鑽進我心裡，在那裡找到了些什麼。然後，他挑起左眉，朝著剛剛還貼著「梅菲」字樣的牆壁眨了眨眼。他微微一笑，好像還挺高興的樣子，這使我大為吃驚。不過，其實沒什麼可吃驚的，不是嗎？醫生總是寧願病人一下燒到四十度，發出疹子，以便迅速確定病症，而不願意對付那種慢吞吞升上去的溫度。今天出現在牆上的「梅菲」不就像是迅速發出的疹子嗎？我知道他為什麼要笑了。

地鐵口乾淨的玻璃臺階上，又出現一張紙：「梅菲。」隧道裡的牆上，車裡的長椅上和鏡子上（顯然是匆忙貼上去的，所以還有點歪斜）也都出現了。到處都是這種白色、噁心的疹子。

我必須承認，這種充滿最離奇、最不可思議之事的日子過去好幾天之後，我才充分領悟S微笑的真正含義。

人們全都沉默著，車輪的轟鳴聲便顯得分外刺耳，彷彿流在我們之間那受到傳染的血液在悲吟。有個號碼被人不小心碰到肩膀，嚇得猛地一跳，手裡抓的報紙掉到地上。我左邊另有個號碼正看著報紙。他死死地盯著同一行字看，報紙在他手中明顯顫抖著。我覺得所有地方，輪子裡、手中、報紙上，甚至睫毛上，脈搏都跳得越來越快，我想，說不定今天等我和I-330號到了那裡以後，我的體溫會升到三十九度、四十度，甚至四十一度，還要更高……

製造臺上——同樣是一片沉默，只聽到不知哪裡的螺旋槳在「啪啪」作響。車床彷彿陷入沉思，一聲不吭。只有超重機躡手躡腳行動著，滑行、彎腰、用觸手抓起成塊成塊凍結的空氣，裝進「積分號」的貨艙。我們已經開始準備「積分號」的試飛。

「嗯，我們一週之內可以送她上天嗎？」我問副工程師。他的臉像一個搪瓷碟子，畫著可愛的藍色和粉色花朵（也就是眼睛和嘴唇），不過，今天這些小花好像都凋謝了、被沖洗掉似的。我們大聲計算著，突然我結巴了，目瞪口呆地停住：穹頂上面，起重機抓起的藍色方塊上方，隱隱有一塊小小的白色正方形紙張。我覺得全身顫抖起來——可能是因為迸發出大笑的緣故。沒錯！我居然親耳聽到自己的笑聲（你聽到過自己的笑聲嗎？）。

「不，聽著，」我說：「想像你在一架古代飛機裡。高度計指在五千公尺高空，一隻機翼折斷了，你一頭栽下來……同時你還忙著計算：『明天從十二點到兩點該做什麼……從兩點到六點該做什麼……五點該吃晚飯……』這難道不荒謬嗎？」

藍色的小花轉動起來、瞪大了。幸虧我不是玻璃做的，他這時不可能看到我體內的變化。幸虧他不知道在三到四個小時之後，我要……

筆記之二十七

沒有標題了。
匪夷所思！

我一個人待在漫無盡頭的走廊裡。就是這條走廊……頭頂上是瘖啞的混凝土天空。不知什麼地方，水吧嗒吧嗒滴到一塊石頭上。眼前是熟悉、沉重、不透明的門——門後傳來壓低的聲音。

她答應十六點整到。現在已經過了五分鐘了，十分鐘，十五分鐘。還是沒有任何人出現。有那麼一會兒，我覺得我又是從前的那個我，一想到門會打開就魂不附體。

「再等五分鐘，要是她還不出現，那就……」

不知何處的水滴在石頭上。什麼人也沒有出現。我憂鬱而快樂地想，「得救了！」我慢慢轉過身，沿走廊走回去。天花板上抖抖顫顫的一排小燈越來越黯淡。突然，我身後的門喀吱一響。飛快的腳步聲在天花板和牆面上激起柔和的回聲。是她，像隻鳥兒一樣輕靈，因為奔跑而微微喘息。

「我知道你會在這裡的，你會來的！我知道你——你……」

覆蓋著濃密睫毛的眼睛睜大了，把我吸進眼底。她的嘴唇按照古代那種可笑又美妙的儀式，貼上我的嘴唇。有什麼詞語能形容這種感覺呢？一股旋風從我的靈魂裡驅除一切，只留下她——有什麼公式能表達這股旋風呢？沒錯，沒錯，我說的正是我的靈魂。你想笑我就笑吧。

她睜開眼睛，緩緩地、堅定地說：「好了，現在我們得走了。」門開了，眼前是一排古老、破損的臺階，難以忍受的喧囂噪音和燈光撲面而來……

二十四個小時過去了，我的身體已經平靜下來，不過我仍舊難以用言語描述所見所聞，哪怕只是大致描述一下……當時的感覺就像是我腦袋裡有枚炸彈爆炸了……張大的嘴、翅膀、喊叫、樹葉、話語、石頭，所有這一切都紛至沓來……

我記得第一個反應是：「快——退回去！」因為我感覺，我在走廊裡等待的時候，他們想必已經設法轟炸、破壞了綠牆，所以各種東西都從牆外衝進來，在我們的城市裡四下奔竄。在以前，我們的城市裡是見不到這類低等生物的。我想必對I－330號說了一些這類話，她笑了起來。

「不是這麼回事，其實是我們已經走出綠牆。」

我睜大眼睛，果真，我身邊簇擁著至今為止還沒有哪個活著的號碼親眼見到過的各種東西，我們以往至多只是透過綠牆，隱隱約約地看到被縮小了一千倍的它們。

陽光——不再是我們習慣的那種均勻地散布在鏡面般人行道上的光線。這些光點看起來彷彿是些有生命的碎片，不斷搖晃，令人頭暈目眩。而那些樹啊！像是朝向天空的蠟燭，或者像是蹲立在地面上的蜘蛛，用笨拙的爪子撐著身體，也像是沉默的綠色噴泉。而且，一切都在移動、跳躍、奔跑，我腳下彷彿有什麼奇怪的小球在爬動，我卻只能扎了根似的呆立著。我一步也走不了，因為腳下沒有任何平坦的平面，而是（想想看！）一種討厭的軟綿綿、彎彎曲曲、有彈性的活生生綠東西！

我呆若木雞。我窒息了——是的，窒息；這個詞用來形容我的處境最合適了。我兩手緊緊抓住一根晃動的枝條，幾乎站不穩。

「沒關係，別擔心。這是自然反應，第一次嘛。會過去的。勇敢點！」

I-330號身邊有個人，無比消瘦的身影在一張綠色網上胡亂彈跳著，他瘦得像紙剪出來的一樣。不，不該說是「有個人」。我認識這個人。我想起來了，他是醫生。我恍然大悟，我發覺他倆抓住我的手臂，大笑著把我往前拖。我掙扎著，腳在地上滑過……可怕的聲音、呱呱聲、樹樁、喊叫、樹枝、樹幹、翅膀、樹葉、喧囂聲……

樹木分開，露出一片明亮的空地。空地上有不少人，或者準確地講，有不少生物。現在，我講到最難以敘述的部分了，因為這遠遠超過了一切可能的想像。我終於明白為什麼I-330號在此之前固執地對此一字不提；她知道即使說了我也不會相信，哪怕是她說得也一樣。很有可能等到明天，我連自己也不會相信，會覺得我親筆寫在這些紙張上的紀錄全是胡思亂想。

空地上，一塊光禿禿、骷髏頭形狀的岩石邊，有大約三百到四百個……人。好吧，姑且稱他們為人吧，我覺得很難想出什麼新詞來描述他們。就像在看臺上，你從一大群人中只能認出你認識的那幾個人一樣，一開始我只認得出穿著我們的灰藍色制服的人。不過，我立刻就從制服周圍辨認出黑髮、紅髮、金髮、黑色皮膚、棕色皮膚和白色皮膚的人——顯然，他們都是人。他們都沒有穿衣服，身體上都覆蓋著短短的、發亮的毛髮，就像史前博物館的馬類標本一樣。不過，那些女性的臉和我們的女人很像，幾乎沒什麼差別：溫柔、嬌豔，光滑而無毛。她們的胸部也光滑無毛，堅實的乳房形狀美妙。至於那些男性，他們臉上只有部分地方沒有毛，這和我們的祖先很像，而他們炮製下一代的工具和我們的並無二致。

這一切過於不可思議，過於離奇，以至於我只能愣然呆立，環顧四周。我覺得就像一架天平，一端的負載物重量過大，以至於儘管你往另一端盡情放東西，指標也不會再移動分毫。

我猛然發覺自己落了單。I-330號不在我身邊，我不知道她如何消失的，也不知道她往哪裡去了。我周圍全是那些毛髮像絲綢一樣在陽光中閃耀的傢伙，我抓住其中一個熱呼呼、結實的深色肩膀。

「請聽我說，看在無所不能者份上，告訴我她上哪兒去了。一分鐘以前，她還……」

一對毛很長的、嚴峻的眉毛轉向我。

「噓……噓……別出聲！」他用腦袋朝空地中間那塊黃色骷髏頭般的岩石點了點。

我越過所有腦袋看到了她。太陽光直射著我的眼睛，所以她在我眼中顯得像焦炭一樣烏黑，矗立在藍色大布般的天空前，成了藍色背景上一個焦黑剪影。高一點的地方，雲彩流動著。我覺得不止是雲彩，而且岩石，還有站在岩石上的她、人群和這整塊空地，一切都像一艘船一樣靜悄悄漂動著，土地輕飄飄地從腳下流走……

「兄弟們！」（是她在說話。）「兄弟們，你們都知道，在牆裡，在城市中，他們正在建造『積分號』。你們也知道，摧毀綠牆和所有其他高牆的日子已經指日可待。到時候，綠色的風將無遮攔地吹遍全世界。可是『積分號』卻要把這些牆帶上天，送進宇宙，傳到成千上萬別的世界，這些世界每天晚上都用光線穿過重重夜幕對我們低語……」

一陣陣波浪、飛沫和狂風湧向岩石。「打倒『積分號』！打倒它！」「不，兄弟們，不用『打倒』它。『積分號』必將成為我們的武器。它第一次飛進太空的那天，我們將一起登上它。因為，『積分號』的建造者站在我們這邊。他走出高牆，和我一起來到這裡，加入我們的陣營。建造者萬歲！」

接著，在電光石火之間，我飄了起來。我下方是無數人的腦袋、張大呼喊的嘴、不斷舉起又放下的手臂……糊里糊塗地，我覺得自己高出所有人。我，我成了一個獨立的世界，我不再是普通的物質，我成了一個組織……

我又落回岩石附近。我的身體興奮顫抖，綿軟無力，彷彿剛剛接受了一個愛情的擁抱。我身邊簇擁著陽光、各種聲音，眼前則是I－330號的微笑。我旁邊有一個金髮女人，她整個身體都是絲綢般的金色，散發著各種藥草的芳香。她舉著一個顯然是木頭做的杯子，用鮮紅的嘴唇湊近杯緣喝了一口，然後把杯子遞給我。我閉上眼睛，激動地喝著這甜蜜、冰涼、刺激的液體，把它傾倒至體內灼燒的火焰上。

很快，我的血液和整個世界都以一千倍速度迴轉起來；大地好像在飛行，像黎明一樣輕靈。我體內，一切都變得簡單、明亮和清楚。這時我才注意到岩石上有幾個熟悉的大字：「梅菲」，不知為什麼，我覺得它們出現得理所當然。我覺得它們像一個簡單的線索，把所有事情都串聯起來。岩石上還刻了幅相當粗糙的壁畫，這我好像也看懂了——一個長翅膀的年輕人，他的身體是透明的，在應當是心臟的地方，取而代之的是一塊刺眼的燒紅煤炭。再次地，我也看懂了這塊煤炭的含義——哦，不，與其說是「看懂了」，不如說是我「感覺」到了這塊煤炭。I－330號（她繼續站在岩石上演講）的話我已經聽不大清楚，但我感覺到所有人都整齊地呼吸著，彷彿他們馬上就要像綠牆外的鳥兒一樣飛起。

我身後，從一片喘息著的亂糟糟的人體中，突然傳來一個響亮的聲音：「這麼做一定是瘋了！」

接著我覺得彷彿是我喊叫起來——是的，我敢肯定是我，而且我還跳上岩石，從那裡我看到太陽、人頭，及黑色背景前一片綠色海洋。我吼道：「沒錯，沒錯，說得對極了！我們全都是瘋子，我們必須盡快進入瘋狂的狀態！我們一定要發瘋！」

I－330號站在我身邊。她微笑著——嘴角朝上揚起兩道深色線條。我感覺到體內有塊正燃燒著的煤炭，燃燒出的煙轉瞬即逝，輕飄飄的，姿態有點痛苦又優美異常，燃燒過後，只剩一些殘餘的碎片仍舊戳痛著我。

一隻鳥兒低低地、慢慢地飛著。我看出牠和我一樣是有生命的。牠像人一樣，把頭一會兒轉向左邊，一會兒轉向右邊，圓圓的黑眼睛深深看進我心裡……接著，我看到一個長著亮閃閃的古代象牙色短毛的人的背；這個背上爬了只長著透明小翅膀的蚊子。這背部抽搐一下，想把蚊子趕走；然後又抽搐一下……

還有一件事值得一提：我看到一個從樹葉間投下的影子，是個呈網狀交織的影子。有人躺在那個影子裡，嚼著什麼東西，那東西有點像傳說中的古代食品，是一條長長的黃色水果和一片深色的不知什麼東西。他們在我手裡塞了一點這玩意，我感覺挺奇怪的，不知道該吃還是不吃……

還有一群人，腦袋、腿、手臂、嘴、臉孔都一閃即過，好像氣泡剛一出現就「砰」地一聲破掉一樣。突然之間（也許只是幻覺？）我好像看到一對透明的、上下拍動的翅膀般的耳朵一晃而過……

我死命捏了捏I－330號的手，她轉頭看看我。

「怎麼了？」

「他在這裡！我覺得我……」

「誰？」

「S，一秒鐘之前，就在人群中。」

細細的、烏黑的眉毛高高挑到太陽穴——形成一個銳角三角形般的微笑。我不清楚她為什麼要笑，她怎麼能笑呢？

「可是妳知道的，I－330號，妳知道要是他或者他們其中之一在這裡，這意味著什麼吧？」

「你真好笑，牆裡的人怎麼可能想得到我們會在這裡？記住這點，好好想想吧，你覺得這可能嗎？他們正忙著在那裡搜捕我們呢——讓他們忙去吧！你真的是瘋了！」

她輕鬆愉快地笑起來，我也被這笑意傳染；大地醉了，正興高采烈、頭重腳輕地漂浮著……

筆記之二十八

她倆
熵和能
不透明的身體

要是你們的世界和古代世界相似，那麼你應該很容易想像這種感覺：你們突然發現一個第六還是第七號新大陸，什麼亞特蘭提斯之類地方，並且在那裡還發現聞所未聞的城市、迷宮、在空中無須翅膀或者飛行器便可以飛翔的人們，以及僅僅用目光就足以舉到空中的石頭——簡言之，請想像你看到那些即使得了做夢病都不可能看到的事物，這就是我現在的感覺。記得我告訴過你嗎？自從兩百年戰爭後，在我之前，歷史上還從來不曾有人出過綠牆呢。

不知名的朋友們，我知道我有責任為你們提供更多細節，詳細描述那個昨天對我敞開的匪夷所思奇特世界。不過，現在我暫時還不能回到這個話題。每件事都過於離奇，以至於簡直像一場暴風雨，令我無力全盤消受。我盡力攤開制服，張開手掌，但是狂暴的雨水傾瀉而下，我只能來得及抓住點滴回憶，寫到這些紙張上……

起初，身後的門外傳來一些吵嚷聲。我聽出I－330號清脆悅耳聲音，另一個聲音則沉悶遲鈍，像把木尺在拍打，這是U在說話。隨後，門「砰」地一聲推開，她倆一起衝進房間。用「衝」來形容她們的動作最恰當了。

I－330號把手擱到我的扶手椅背上，扭過頭朝U淡淡地露齒而笑。面對這樣一個笑容，換了我肯定神魂顛倒。

「我覺得呀，」她告訴我：「這個女人看來是覺得她有責任讓你離我遠遠的，好像你是個孩子似的。但這得到了你的允許嗎？」

「但他就是一個孩子，他就是！所以他才沒有發覺妳……完全是為了……這一切只不過是場不公平的遊戲！妳說得對！我的責任是……」

有那麼一會兒（在鏡子中）我看到顫抖地裂成幾道的眉毛。我跳起來，勉強按捺住體內的另一個自我，那個有毛茸茸爪子的傢伙。我按捺住衝動，朝她的臉，朝那對魚鰓，從齒縫裡一個字一個字迸出道：「馬上滾出去！滾！馬上！」

魚鰓先是鼓漲成磚紅色腫塊，然後垂下去，變成死灰色。她張嘴想說什麼又說不出來，突然把嘴閉上，掉頭走開。我撲向I-330號。

「我永遠，永遠不會原諒自己！她怎麼敢這樣！妳……不過妳不會這麼想吧？不會真以為她……這全都是因為她想把我登記到她名下！不過我……」

「幸好她現在沒時間幹這個啦。此外，哪怕有一千個像她那樣的人，我也不在乎……我知道你不會相信那一千個人的話，你只相信我的話。自從昨天發生了那些事情之後，我完全是你的人了，按照你希望的那樣，我永遠都是你的了，我落在你手裡了。現在你隨時可以去……」

「『隨時可以去』……做什麼？」（不過，我立刻明白了她的意思。血液湧上我的耳朵和臉頰。）

「別說那個，千萬不要說那個！另一個我，從前的我也許會做這種事……可是現在……」

「我怎麼知道呢？男人就像小說，不到最後一頁，你不會知道結局。不過若非這樣也就不值一讀了。」

她撫摸著我的腦袋，我看不到她的臉，不過從她的聲音裡判斷得出，她正看著遠處什麼地方，她正痴痴看著那團默默地不知飄向何方的雲朵。

突然，她溫柔又堅定地把我推開。「聽著。我來是為了告訴你，也許我們現在……是我們最後的日子了……你知道嗎？今晚所有禮堂都要關閉。」

「關閉？」

「是的。我經過那裡，看到所有禮堂都在做準備：桌子、全身白衣的醫生……」

「可是這意味著什麼呢？」

「我不知道。現在誰都不清楚。這是最糟糕的一點。我只感覺風雨欲來，蠢蠢欲動，不是今天就是明天……不過他們也許不會有足夠時間……」

我已經有很長時間搞不清楚他們是誰，我們又是誰。我不知道自己想要什麼；我是希望他們有，還是沒有足夠的時間呢？我只知道一件事：I－330號已經站在一道分界線上，再過一秒鐘……

「可是這蠢極了，」我說：「和聯眾國對抗！這就像你指望只用手掌擋在槍口上便能擋住子彈一樣……這實在太愚蠢了！」

她微笑起來。「『我們全都是瘋子，我們必須盡快進入瘋狂的狀態！我們一定要發瘋！』昨天才說的，你記得嗎？」

是的，她說得對，我甚至將這段話清楚地記錄在我的筆記裡，所以，想必的確發生過。我默默看著她的臉。這時候，她臉上深色的十字架線條分外清晰。

「I－330，親愛的，趁著現在還來得及……要是妳願意的話……我願意捨棄一切，我願意忘記一切，我們一起翻過綠牆，到他們那裡去……儘管我甚至不知道他們是誰……」

她搖了搖頭。透過她眼睛上的深色窗戶，我看到她體內的火爐正熊熊燃燒，火星四濺，火舌亂吐，火上還有一堆乾柴。我明白已經太遲，多說無益。

她站起身，很快她就要離開。也許，這就是最後的日子……甚至最後的幾分鐘……我抓住她的手。「不，再待一會兒，看在……看在……」她慢慢把我的手舉向燈光，唉，我討厭的毛茸茸爪子。我想把手抽回來，可是她緊緊抓住不放。

「你的手啊……你當然不知道，很少有人知道，從前，這裡的女人有時候真的會愛上他們呢。也許你體內也流淌著一些太陽和樹林的血液，也許這就是為什麼我會……」

她沉默了。真奇怪，因為這陣沉默，因為突如其來的空虛感，或者根本就沒有什麼理由，我的心突然猛烈地跳起來。我喊出聲：「啊，妳不能走！妳不能走，妳得跟我說說他們，因為妳愛……他們，但我甚至不知道他們是誰，他們從哪裡來的。」

「他們是誰？他們是我們丟失的那一半；H_2和O是兩個部分，但是為了產生水，也就是H_2O，好構成小溪、大海、瀑布、風暴，這兩個部分必須結合。」

我清楚記得她的一舉一動。我記得她從桌上拿起一個玻璃三角形，一邊說話，一邊用它的尖角抵著臉頰，尖角在臉上戳出一個小白點，很快又平復了，然後變成粉紅色，漸漸又褪成正常膚色。奇怪的是我記不得她的話，尤其是故事的開頭，我只記得她提到各種不同的形象和顏色。開始時，我記得她在說兩百年戰爭。先是紅色，在綠色草地上，黑色黏土地上，淡藍色雪地上……到處都出現永遠不會乾涸的紅色溝渠。然後是黃色，太陽燒灼乾的黃色草地，黃皮膚、赤身裸體的野蠻人與野狗，和狗甚至人的腫脹屍體並排躺在一起。這一切當然都發生在綠牆外，因為城市已經成為勝利者，它已經製造出我們今天的汽油食物。夜裡，沉重的黑色物體從天而降。這些黑東西在樹林和村莊上方迴旋，然後便是緩緩升起的黑紅色煙柱，沉悶的呻吟聲、成串的人被趕進城市，被武力脅迫著接受拯救，被鞭笞著進入幸福。

「這些你差不多全知道。」

「是的，大概差不多吧。」

「可是有一點你不知道，沒有幾個人知道：有一小部分人團結在一起，留在綠牆外。他們赤身裸體，只得鑽進森林。他們在那裡向樹木、野獸、鳥兒和花朵，還有太陽學習。很快，他們身體上就長出毛髮，不過在那層毛髮下面，他們溫暖的紅色血液沒有改變。可是你們的情況就糟多了：你們的身體上覆蓋著號碼，數字像蝨子一樣爬遍你們全身。你們應當被剝除一切，應當被光溜溜地趕進樹林。你們應當學習如何恐懼、快樂，如何野蠻地憤怒、因寒冷而顫抖；你們應當為得到火而祈禱！而我們這些梅菲，我們想要……」

「等等！『梅菲』是什麼意思？」

「梅菲？這是梅菲斯特⑧的縮寫。你記得岩石上那個青春形象吧？哦，不，我還是用你們的語言跟你解釋吧，這樣你會容易聽懂些。世界上存在著兩種力量，熵和能。前者會帶來美妙的、導向幸福的平衡，後者則破壞平衡，導向令人不安的永恆動盪。我們的，或者不如說是你們的祖先，也就是基督徒們，將熵當成上帝來崇拜。可是我們不是基督徒。我們是……」

這時候，我突然聽到一聲輕輕的響聲，有人在敲門，一個眼睛上方長著鼓突額頭的矮胖男人闖進屋，他就是曾經多次為我傳遞I－330號字條的那個人。他直衝到我們面前，像幫浦一樣喘著粗氣，幾乎一個字也說不出。他肯定是一路全速衝過來的。

「快說！出什麼事了？」I－330號抓住他的手。

「他們朝這裡來了，」幫浦喘息著說：「還有安全衛士們……那個叫什麼名字的傢伙也在，那個駝背……」

⑧梅菲斯特：Mephisto，最初出現於《浮士德》是傳說中惡靈的名字，此後即成為惡靈的代名詞。

「S？」

「就是他。他們這時候已經到這幢房子裡了，很快就要到這裡來了。快、快！」

「別急，我們有時間！」I－330號笑了起來，眼裡閃爍著快樂的火花。如果不是因為她擁有荒唐、瘋狂的勇氣，就是還有什麼我不知道的事情。

「I－330，親愛的，看在無所不能者的份上！你必須明白，這實在太……」

「看在無所不能者的份上！」她露出一個尖銳、三角形的微笑。

「好吧……好吧，看在我的份上，我求你了！」

「好吧，我本來想和你說點別的事……沒關係……我們明天再談那個吧。」

她愉快地（沒錯，愉快地）向我點點頭，另一個人從遮陽篷般鼓突的額頭下探眼看看我，也點了點頭。他們倆一起走了。

快啊！快趕到桌邊！我匆忙攤開這份筆記，掏出筆，這樣他們就會看到我正在忙著做這項對聯眾國有利的工作。突然，我毛骨悚然地想：「要是他們發現最近寫的這些東西中的哪怕一小頁呢？」

我呆若木雞地坐在桌前，周圍的一切開始旋轉，好像連顯微鏡也看不到的原子運動突然被放大幾百萬倍似的；我看到牆壁在顫抖，我的筆也在顫抖，字母晃動著擠成一團。「藏起它們！可是藏到哪裡呢？」四周都是玻璃。「燒掉它們？」不過這樣他們肯定會透過走廊和隔壁房間看到火光。而且我也實在無法下狠心毀掉這份令我激動不安、甚至覺得親切無比的檔案，它記載著的可是我真正的自我啊……

遠處傳來聲音（來自走廊），還有腳步聲。我只來得及一把抓起紙張扔到椅子上，然後直挺挺地坐在上面——就像焊到了扶手椅上似的。椅子的每個原子都顫動著，我腳下的地板像輪船甲板般上下顛簸……我好像那個信使一樣，在遮陽篷般突出來的額頭裡壓縮、掩藏著不可告人的心事，目光閃爍地觀察他們；他們從走廊右手邊的房間開始，一間間搜查過來。近了……近了……我看到有人像我一樣，僵直地坐在自己的房間裡；另一些人則跳起來，大大敞開房門——幸運的傢伙！要是我也能這樣，那該多好……

「無所不能者是人類所需要的最完美的領袖，因此，聯眾國的機體內不允許任何害蟲作亂……」我死命捏住顫抖不已的筆，寫著這段廢話，腦袋向桌子越俯越低，體內醞釀著瘋狂的情緒……我豎著耳朵聽……門把手「喀嗒」響起……一股新鮮空氣湧進……扶手椅跳著瘋狂的舞蹈……這時我才戀戀不捨地離開筆記，扭頭看看進來的人（玩一場虛假的遊戲多麼費勁呀！）。S站在所有人前面，他陰沉著臉，一言不發，眼睛迅速鑽入我心裡，鑽透我的扶手椅，鑽進我手中捏著的紙張。然後，突然，門口冒出幾張熟悉的、每天都要看到的面孔；其中有一張突然躍入我的眼簾，她長著鼓突的、紅棕色的魚鰓……

我突然想起半個小時前在這間房間裡發生的事情，我知道他們為什麼現在要搜查這裡了……幸好我壓著手稿的身體是不透明的，可是我還是渾身顫抖，心臟狂跳不已。U走到S身邊，溫柔地拉拉他的袖子，低聲說：「這是D-503號，他是『積分號』的建造者。你可能聽說過他。他一貫如此，總是坐在桌前埋頭苦幹，一刻也不放鬆自己！」

哎，我還以為……這是一個多麼親切、善良的女人啊！S躥到我身邊，俯到我的肩膀上，看著桌上。我用手臂遮住剛才寫的字。他嚴厲地命令：「請馬上向我們出示你寫的東西！」

我羞愧萬分地把紙張遞給他。他瀏覽一遍，我注意到他眼睛裡湧出一絲笑意，這笑意爬在他的臉上，微微搖搖尾巴，停留在他的右嘴角：「語言有點含糊，不過……嗯，你可以繼續寫了，我們不會再打攪你了。」

他啪啦啪啦走向門口，好像在溝裡踩水似的。他每走一步，我都覺得我的腿、手臂、手指，慢慢一點一點接回到我身上，我的靈魂再次均勻地分布到全身，我恢復了呼吸……

最後一件事：U拖拖拉拉著留在我的屋子裡，湊近我的耳朵悄聲道：「你很幸運啊，我……」

我不明白。她想說什麼？後來，再也沒有任何人公開談論這天晚上的任何事情，不過我還是設法打聽到他們帶走了三個號碼。大家之所以維持表面上的沉默，是因為我們都接受過教育，深知安全衛士們無時無刻不散布在我們當中。因此，我們的交談只涉及氣壓表的快速下降和即將到來的天氣變化。

筆記之二十九

黏上臉的線條

芽

一種不自然的收縮

天氣很奇怪：氣壓不斷下降，可是卻沒有起風。一切都很平靜。頭頂上，半空中，未知的風暴正在形成，雲正飛速翻捲成形，可是目前數量還不多，只是些零散的碎片，就像我們頭上有一個未知城市被摧毀，牆壁和穹頂的碎片正紛紛以驚人速度掉下。可是它們要穿透無限藍天，掉到位於最底層的我們身上，還得花好幾天時間呢，所以現在地面上目前還一片平靜。

空氣中散布著細細的、難以察覺的、幾乎看不見的線條。每個秋天，它們都從綠牆外飄到這裡。

它們緩緩飄著，突然就讓你覺得臉上黏上了什麼奇怪的、看不見的東西；你想撣掉它，可是不行，就是沒辦法擺脫。在綠牆附近，這樣的線條就更多了。今天早晨我就在那裡。I－330號和我訂下約會，我們打算在古代房子那間「公寓」裡碰面。

我走近鏽紅色、不透明的古代房子，突然聽到身後傳來短促、匆忙的腳步聲和急促的呼吸聲。我轉過頭，發現是O－90號，她正拚命想追上我。她看起來胖得渾身圓滾滾，樣子很奇怪。她的手臂和胸部，她的全身，所有我非常熟悉的部位都圓滾滾地鼓出來，把制服撐得滿滿的。看起來，她的身體彷彿就要撐破薄薄的布面，暴露在光天化日之下了。我覺得在綠色廢墟裡，每到春天，看不見的綠芽也是這樣竭力從地面下往上撐出來，好展開枝條和樹葉、開出花朵。

她的藍眼睛默默地盯著我的臉看了一會兒。「我在一致日上看到你了。」

「我也看到你了。」我立刻想起來了；在下方一個狹窄走道裡，她緊貼牆站著，手臂護住腹部。我頓時下意識地看向她的肚子，它在制服下撐得圓滾滾的。她想必也注意到了，因為她的臉漲成粉紅色，嬌媚地微笑起來：「我真幸福！我充滿了一種特別的感覺……你知道的，我已經……現在我走路的時候，什麼別的聲音都聽不見，我一直在聽裡面，我的身體裡面……」

我沉默著，臉上有種難以擺脫的陌生。突然，她容光煥發，抓住我的手，淺藍色眼睛閃著光，我感覺到她把嘴唇貼在我手上……這是我有生以來第一次接觸到這樣的動作。這是一種我不熟悉的古代禮節，我覺得挺丟臉的，而且心裡不知為什麼感受到一陣刺痛，所以我迅速地，甚至還有點粗暴地把手抽回來。

「聽著，妳瘋了，這實在……妳……妳有什麼可幸福的？妳難道忘了前面等著妳的是什麼嗎？

即使現在沒事，那麼一到兩個月之內，也逃不了要……」
她的光彩消退了，圓乎乎的身體畏縮起來。我心裡產生一種不愉快、甚至是痛苦的收縮感，混合著憐憫之情。我們的心臟是一臺完美的幫浦：在幫浦的運轉過程中出現收縮現象，這從技術角度看實在是件荒謬不經的事。因此，所有這些「愛」啊、「憐憫」啊等等，這些造成收縮現象的東西，毫無疑問都是荒謬、不自然、可悲的……
我們倆都沉默下來。我們的左邊是綠牆霧濛濛的綠色玻璃，前方則是深紅色的古代房子。這兩種顏色結合後，使我突然想到一個非常絕妙的主意。
「等等！我知道怎麼救妳了！我可以拯救妳免遭……只能看一眼自己的親生孩子，然後就被宣判死刑的刑罰！不能那樣！妳可以親手撫養孩子長大！妳可以看著他，讓他在妳的懷抱裡成長，像水果一樣慢慢成熟……」
她顫抖起來，緊緊貼到我身上。
「妳記得那個女人嗎？I-330號？就是……很早以前的那個女人……散步時看到的那個……嗯，她現在就在這裡，在古代房子裡，我們到她那裡去吧。我向妳保證，我馬上就可以把事情辦好。」
我已經能夠想像出我們，I-330號和我，帶領O-90號穿過走廊的樣子……她將被帶到花朵、草地和樹葉當中……可是O-90號突然後退一步，粉色新月般的嘴角向下撇著，顫抖著。
「就是她嗎？」她問。
「是她……」我不知怎麼的覺得有點困窘，「是的，當然……就是她……」

「而你想要我到她那裡，去求她……去求她……你別再提這件事！一個字都不行！」她踉蹌著走開，突然，她好像想起什麼，轉過頭哭喊道：「我寧可死！這件事和你沒有關係……對我的事，你有什麼好在乎的？」

我無言以對。我們頭頂上，藍色的塔樓和牆壁正以驚人速度下墜……它們可能還要在無限的太空中飛行幾個小時，甚至幾天。看不到的線條在空中慢慢飄著，黏到我臉上，我沒法撣掉，根本就擺脫不了。

我慢慢朝古代房子踱去，荒謬的、折磨人的收縮感始終在心頭揮之不去……

筆記之三十

最後一個數字
伽利略的錯誤
這樣不是更好嗎？

以下就是昨天我和I－330號的談話，我們是在古代房子裡交談的，其間各種顏色不斷干擾著我的思維邏輯，紅色、綠色、銅色、金黃色、橙色……扁鼻子的古代詩人自始至終帶著一成不變的大理石微笑高踞於我們之上。

我打算逐字逐句回憶我們的談話，因為我覺得它們對聯眾國的命運將產生巨大的、決定性的影響——不止如此，甚至連宇宙的命運也將受之左右。此外，你們，我不知名的讀者們，透過閱讀也許可以為我找到一些辯解的理由。昨天I－330號沒有任何的鋪陳遲疑，就把所有計畫向我和盤托出。

「我知道後天『積分號』就要第一次試飛。到時候我們將占領它。」

「什麼！後天？」

「是的，坐下，別那麼緊張。我們一分鐘也不能浪費。」

「昨天被逮捕的幾百個人裡，有二十個『梅菲』。再拖兩三天的話，他們都得死。」

我沉默了。

「他們會派遣電工、機械師、物理學家、氣象學家等等擔任試飛觀察員……等到十二點整——你必須記牢這點——午餐的鐘一敲響，我們就全都留在通道，把他們都鎖進餐廳，『積分號』就是我們的了。你知道我們必須排除萬難做到這一點！『積分號』在我們手中將成為一個重要工具，將幫助我們和平解決一切問題。你說他們的飛行器？哈哈！在禿鷹面前，那無非是些沒用的蚊子罷了。到時候，要是無法避免的話，我們就把發動機噴射管對準下方，單憑它們的威力就……」

我跳了起來。

「這是不可能的！這太荒謬了！你難道不知道你們在計畫的是一場革命嗎？這真荒謬，革命是不可能實現的！因為我們的——我說的是我的和你的——我們上次的革命顯然是最後一場，從此之後再也不可能有什麼革命了，這一點大家都知道。」

我看到I－330號的眉毛嘲諷、尖銳地挑成一個三角形。

「親愛的，你是個數學家，對嗎？不止如此，你還是一個哲學家兼數學家？好吧，那就請說出最後一個數字吧。」

「什麼？我……我不懂，什麼最後？」

「最後一個呀，最後的、最大的那個數字。」

「可是I-330號，這是不可能的！數字序列是無限長的，怎麼可能有最後一個數字呢？」

「那又為什麼會有最後一場革命呢？革命的數量應該也是無限的，所謂『最後一個』是講給孩子聽的故事。小孩害怕無限，只好哄他們，不然他們晚上會因為害怕，睡不好覺。」

「可是這有什麼用呢？看在無所不能者份上！我們已經擁有幸福了，為什麼還要做這些事呢？」

「好吧！就算是那樣，又怎麼樣？」

「多可笑啊！這真是小孩子才會問的問題。你跟孩子們講個故事，到最後他們肯定會問你，『那後來呢？』、『為什麼？』其實根本就沒有什麼『後來』、『為什麼』！在整個世界上，各處都均勻地分布著……」

「啊，均勻地！各處！這就是問題所在的！均衡！心理上的均衡！作為一個數學家，你還不清楚嗎？只有差異——只有差異——只有溫度差異才能促成生命出現！因此，要是整個世界到處都分布著均勻的溫暖或者寒冷，那麼我們就必須改變它！這樣才能有火焰有爆炸！我們要推動變化！」

「可是，I-330號，請想想吧，我們的祖先在兩百年戰爭裡做的正是這個！」

「哦，他們是正確的！千百倍地正確！可是，他們做錯了一件事：後來，他們開始相信自己是最後一個數字，可其實自然中並不存在這個數字。他們犯的錯誤和伽利略一樣：他認為地球繞著太陽轉，這是沒錯的，可是他不知道我們整個太陽系都圍繞著另一個中心旋轉，他不知道地球真正的，而非相對的軌道，不是這一個幼稚的圓圈！」

「那麼你們呢，梅菲們？」

「我們？我們現在知道的是，不存在什麼最後一個數字。可能我們哪天也會忘了這一點，當然，等我們變老以後，我們肯定會忘記這一點，但所有事物無可避免地都會變老。到那時，我們就會像秋天的樹葉一樣從樹上落下，就像你們後天……不，不，親愛的，我不是指你，你是和我們站在一起的，不是嗎？你是支持我們的吧？」

她像熊熊火焰般燃燒著，像風暴一樣撩人，火星四濺！我以前從來沒有看到過這個樣子的她。她瘋狂地擁抱我，我身心俱醉。

最後，她堅定地、深深地看進我的眼睛，吩咐道：「那麼，別忘了：十二點整。」

我回答：「好，我記住了。」

她走了。我一個人留在一團叛逆、喧囂的混亂色彩中：藍色、紅色、綠色、金黃色和橙色……

是的，十二點！突然，我臉上有種陌生的感覺，好像有什麼東西黏上去，沒法撣掉。我不知為什麼想起昨天早晨U對著I-330號吼的那些話！唉，多荒謬啊！

我匆忙趕出房子，朝著家走去——家！身後什麼地方，傳來綠牆外鳥兒拍著翅膀的聲音。前方，落日中矗立著鮮紅色、宛如水晶般的火焰製成的屋頂，巨大的、彷彿燃燒方塊建造出的房子——以及高高刺入天空，好像一道凝固閃電似的蓄電塔。這一切，這完美無瑕的一切，這種完全合乎幾何原理的美，難道我，我將親手，親手把它……？沒有出路了嗎？連一條小路，一道小徑都沒有了嗎？

我路過一個禮堂（不記得它的號碼了），裡面的長椅都被堆在牆邊。禮堂中間擺著大桌子，鋪著雪白桌布，白底上映著粉色的夕陽之血……這一切都預示著一個未知的、因此也是可怕的明天。讓能思考、能看見的人生活在充滿意外、未知的「X」中，這可真不自然啊。要是你的眼睛突然被繃帶裹住，你只能四處摸索、碰撞，前方就有一條邊界，你再邁一步，也許就變成一具摔爛窒息的肉體……我現在就有點這種感覺。

如果我想也不想，乾脆……一頭栽下去……這樣不是更好嗎？或許這才是唯一正確的選擇，立刻解決一切問題？

筆記之三十一

偉大的手術
我什麼都原諒了她
相撞的火車

在最後一刻，看來已經毫無指望，末日即將到來的時候……突然得救了！

這就好像你已經走上通往可怕死刑機的臺階，或者好像巨大的玻璃氣鐘罩「砰」的一聲罩住你，你在生命中最後一次抬眼望向藍天……突然之間，你從惡夢中醒來！太陽是粉紅色的，喜氣洋洋，而牆壁……能夠摸到冰冷的牆壁，是何等幸福啊！還有枕頭！無比輕鬆地感覺到腦袋正靠在軟軟的白色枕頭上！這就是我今天早晨讀《聯眾國報》時的感覺。一切都只是一場可怕的噩夢，現在這夢已經結束。我曾經如此軟弱、如此背信棄義，竟然想到自私、主動的死亡！我現在重讀昨天最後的幾行字時，簡直羞愧難當。不過，它們記載下了差點真正發生的可怕事情，就讓它們作為一種回憶留下吧。《聯眾國報》首頁上，一篇文章赫然在目：

狂歡吧！

從現在開始，我們都是完美的！從今天開始，你們將比人類發明的發動機還要完美！

爲什麼？

發動機發出的每絲火花都是純粹理性的火花。火星塞的每個運動都是一段完美的演繹推論，你們體內難道不也存在著同樣毫無瑕疵的理性嗎？

起重機、壓力機和幫浦的哲學就像圓一樣完美明晰，可是你的哲學難道不也一樣完美嗎？鐘擺的美在於它永恆、精確的節奏，可是，你們這些在泰勒體制下成長的人，你們難道不也已經像鐘擺一樣精確了嗎？

是的，不過還有一個區別：

機械不會幻想。

你可曾看過一個幫浦的活塞在工作時帶著迷迷糊糊、心不在焉、做夢一般的微笑嗎？你聽到過起重機在規定的晚間休息時間裡，動個不停、翻來覆去，唉聲嘆氣嗎？

沒有！

可是在你們臉上，安全衛士們越來越頻繁地發現這種微笑，也越來越常聽到你們的嘆氣聲，你們眞該羞愧到滿臉通紅！而且聯眾國的歷史學者們已經集體遞出辭呈，因爲他們羞於記錄這類可恥的事情，你們眞該羞愧難當地掩住臉！

但是，這不是你們的錯，因爲你們病了。你們的疾病就叫做：幻想。

這是一隻在你們的額頭上齧咬出黑色皺紋的蟲子。這是一種使你們越來越迷失的發燒症狀。迷失開始的地方，也正是幸福消失的地方。這是我們通往幸福的道路上最後一道路障。狂歡吧！這個路障終於被炸飛了！道路已經暢通無阻！

我國科學家最近發現，幻想源自一個中心——一團可怕的神經叢，它位於大腦的前突部位。用X光對這團神經叢進行三步驟治療，就可以治癒你們的幻想症。

一勞永逸！

你們都是完美的；你們都是機械化的；通往百分之百幸福的道路已經打通！你們所有人，不論老少，都趕快把握時間吧，趕快來接受偉大的手術！趕快到禮堂去，在那裡進行這種偉大的手術吧！偉大的手術萬歲！聯眾國萬歲！無所不能者萬歲！

讀者們啊，要是你們讀到我在筆記中記載的這些話——它眞開始像一本奇怪的古代小說了——要是你們像我一樣，手中顫抖地捏著這張報紙，聞著油墨的芳香……要是你們像我一樣知道，這一切眞的都是現實——哪怕不在今天實現，那也肯定會在明天實現——你們怎麼可能不像我一樣歡欣鼓舞？你們怎麼可能不像我一樣，腦袋激動得嗡嗡直響？你們怎麼可能不像我一樣，覺得背上、手臂上好像被無數奇特、甜蜜、冰涼的小針扎得酥麻的？你們怎麼可能不覺得自己像是變成了個巨人，一個大力神——怎麼可能不覺得只要站起來，伸直身子，腦袋就能「砰」地撞上天花板？

我衝到電話機旁。

「給我接I－330號。是的……是的。是的……I－330號！」我話不成句地喊了起來：「妳在家嗎？真的？妳看報紙了嗎？妳現在正在看？這難道不是，難道不是件激動人心的大事嗎？」

「是的……」一陣漫長、陰鬱的沉默。電流若有若無地吱吱響。她在思考。

「我今天必須見到妳。是的，在我房間。十六點以後。一定要來！」

親愛的……她多麼可愛啊！……「一定要來！」我微笑著，簡直合不攏嘴！我感覺自己就要這樣帶著微笑走上街去，就好像腦袋上頂著一盞燈一樣。

門外的風呼嘯而過，迴旋著，嘶鳴著，鞭子一樣抽打著，可是這只讓我更加開心。「繼續吹吧！繼續呻吟、嚎叫吧！綠牆是不會被吹垮的！」鉛塊般的飛雲在我頭頂撕裂……好吧，由它們去吧！它們不可能遮蔽太陽！我們已經像無數個嫩之子約書亞[9]一樣，把太陽拴在了天頂！

我看到街角站著一群這樣的嫩之子約書亞，他們全都用額頭抵著牆，呆呆往裡頭看。牆裡面，

⑨ 據《舊約》記載，嫩是約書亞的父親。約書亞，他在摩西死後成為以色列的領袖，率領他們重回迦南美地。——譯注

一張白得炫目的桌子上，已經躺著一個號碼。你可以看到床單下伸出兩隻黃色腳底板，白衣醫生俯身在他頭上，一隻白色的手伸在空中，抓著一個裝滿不知什麼東西的注射器……

「你呢，你還等什麼？」我隨口問道，並不是特意在問哪個人，也許其實是問他們所有人吧。

「你自己呢？」一個圓腦袋轉過來對著我。

「我？哦，等會兒吧！我必須先……」我有點窘迫地走開。我的確必須先見到I－330號，可是為什麼呢？我對自己也無法解釋……

製造臺上，「積分號」像冰一樣發著藍幽幽的光。發動機親昵地嘟囔著，重複著一個詞語，好像是我熟悉的一個什麼詞呢。我彎腰拍了拍推進器長長的、冰冷的管子。「親愛的！多麼可愛的管子呀！明天，它就要獲得生命。明天，它將第一次因為腔道裡熊熊燃燒的火焰而顫抖。」

要是一切都還像昨天一樣，那我將用什麼眼神打量這個玻璃怪獸呢？要是我知道明天十二點，我將要背叛它，是的，背叛……身後有人輕輕碰了碰我的手臂。我轉過頭，迎面撞上副工程師盤子般扁平的臉。

「你已經知道了嗎？」他問。

「什麼？是關於手術的事嗎？那當然，想想看，只要一下子……一切……一切都會……」

「不，不是那個。因為手術，試飛延到後天了。他們先前還那樣催促我們，我們真是白忙了……」

「因為手術！」可笑的、思想有局限的人啊，他除了自己的盤子臉以外，什麼也看不到！要是他知道若非這場手術，明天十二點他就要被關在一個玻璃籠子裡跳來跳去，徒勞地試圖攀上玻璃牆，他一定會感激這場手術的！

十二點半，我走進我的房間，看到了U。她正坐在我的桌子邊，堅定、筆直地挺著腰，手托著右臉頰。她想必等了我很久，因為她匆忙站起來迎接我時，臉上清晰地顯出五個白色指印。

在這瞬間，那個可怕的早晨又回到我眼前：她站在I－330號身邊，怒不可遏。不過，這個回憶只是一閃而過。這一切想法很快就被今天的太陽驅除了——就像你有時在晴朗的天氣裡走進房間，漫不經心地失手打開電燈，燈泡不合時宜地亮起，你頓時覺得這既多餘又滑稽。

我毫不猶豫地朝她伸出手，無論發生過什麼事，我都原諒了她。她緊緊抓住我的兩隻手，捏得我發痛。她臉頰顫抖著，像珍貴的古代裝飾品一樣垂著。她激動地說：「我一直在等你……我只要一點點時間……我只想說……我為你感到多麼高興、多麼幸福呀！你當然知道，明天或者後天，你就會恢復健康，獲得新生。」

我注意到我的筆記擺在桌上，最後兩張紙還像昨天晚上我收筆時那樣攤著。她會不會看到了我寫的東西？不過我並不怎麼在乎。現在，那些都只是歷史了。它們都遙遠得可笑，就像你透過一個顛倒過來的望遠鏡看到的東西那麼遙遠。

「是的，」我說：「剛才我穿過街道時，看到一個人走在我前面。他的影子拖曳在人行道上——想想看！他的影子一清二楚！我覺得——不止如此，我甚至完全可以肯定——明天所有影子都會消失。再也不會存在來自任何人或者任何東西的陰影了！太陽將會照亮一切事物。」

她溫柔地、熱切地回答：「你是一個夢想家！我可不會允許我學校的孩子們像那樣說話。」

她跟我講起孩子們：他們都被成群結隊領到做手術的地方啦、然後用繩子綁住他們啦、我們必須毫無憐憫之情地去愛啦等等，「是的，毫無憐憫地，」還有她覺得她可能最後會下定決心……

她撫平膝蓋上的灰藍色制服皺摺，迅速用笑臉撫慰我的全身，然後走開了。幸運的是，太陽今天沒有停止運轉。太陽繼續運行。

十六點到了……我敲起那扇門，心猛跳著……「進來！」我撲向她椅子邊的地板，擁抱她的腿，抬頭注視她的眼睛，先看一隻，再看另一隻，在兩隻眼睛裡都看得到我那被幸福地囚禁的影子……

牆外烏雲翻滾，彷彿要下暴風雨——由它們去吧！我腦袋裡充滿激動的話語，我大聲地傾訴，和太陽一起飛翔，不知要飛到哪裡去……不，現在我知道我們要飛到哪裡了：我身後跟隨著各種行星，它們有的燃燒著，火星四濺，上面開滿歌唱的花朵；有的則是沉默的藍色行星，上面理性的石頭已經整齊劃一形成一個井然有序的社會，還有像我們的地球一樣的行星，已經抵達百分之百的幸福頂點。

突然，她的聲音從我頭頂傳來：「你不覺得抵達這頂點的，正是一些組成一個井然有序的社會的石頭嗎？」她臉上的三角形越來越尖銳，越來越陰鬱。

「幸福……有什麼問題嗎？欲望是折磨，不是嗎？因此，顯然地幸福便是不再有任何欲望，一絲欲望也不復存在。我們居然曾經用正號來表示幸福，這是多大的一個錯誤，多荒唐的偏見啊！絕對的幸福必須用負號來表示——神聖的負號！」

我記得自己結結巴巴地接著說道：「幸福是絕對零度！-273℃！」

「-273℃——正是！這可是個有點涼快的溫度啊。可這難道不證明了我們正位於頂峰嗎？」

她像以前一樣，不知怎的就替我說起話來，按照我的思路往下盡情發揮。不過，她的語調裡有點可怕的東西，這讓我不得不打斷她……我有點勉強地說：「不……」

「不，」我說：「妳，妳在嘲笑我……」

她突然響亮地笑了起來，響亮得有點過分。突然，她的笑好像翻越了一條看不到的界線，猛然停下……

沉默。

她站起來，把手放在我的肩膀上，久久地看著我。然後，她把我拉近身邊，我頓時忘記一切，沉浸在她豐滿熾熱的雙脣中……

「再見。」

這些話彷彿來自我頭頂上方很遠的地方，過了一分鐘，可能甚至兩分鐘之久才抵達我的腦海。

「什麼……為什麼說『再見』？」

「你病了，不是嗎？你因為我而犯了罪，這難道不是一直在折磨你嗎？現在你可以動手術了，你因我而生的病會被治好的，那也就意味著——再見。」

「不！」我喊道。她白皙的臉上上挑起一個無情、尖銳的黑色三角形。

「『不！』？你的意思是不想得到幸福嗎？」我的腦子裡一片支離破碎；兩列邏輯的火車相撞了，它們撞進彼此的車廂，地動山搖，令人窒息……

「聽著，我在等著呢。你必須做出選擇，是要動手術、百分之百的幸福，還是……」

「我不能……沒有妳的話……我絕不能……沒有妳……」我說道，或者可能只是這樣想著——我不清楚到底有沒有說出口——不過I－330號顯然聽到了。

「是的，我知道，」她說。她的手仍舊擱在我肩膀上，眼睛繼續盯著我，「那麼，明天，明天十二點。你記住了嗎？」

「不，延期了，要到後天！」

「那樣更好。那就後天，十二點。」

我獨自走在黃昏街道上。風呼嘯著，挾持著、驅趕著我，好像我是一張廢紙；天空中的鉛灰色碎片飛翔著——它們還要在無限太空中飛翔一到兩天，才會落下……

穿制服的號碼們不時從我身邊擦過——可是我始終孤零零一個人走著。顯然，大家都被拯救了，但我卻不可能得到救贖，因為我不想得到它……

筆記之三十二

我不相信
機器
小人影

你相信自己會死嗎？哦，是的，「人是會死的，我是一個人，所以……」不，不是這個，這個你我都知道。我問的是：你是否真的相信這個？完全地相信，不是透過理智相信，而是透過你的身體相信，相信某一天此刻正抓著這張紙的手指真的會發黃、變得冰冷？

不，你當然不可能相信這個。這也就是你到現在為止都沒有從十樓一躍而下的緣故；這也就是你繼續吃喝、翻閱這些紙張、刮鬍子、微笑、寫作的原因。

正是這種想法，是的，我今天懷抱的就是這種想法。我知道時鐘的小黑手將會朝午夜一路落下，然後，又會開始上升，而最終會越過某個界限，不堪想像的明天就將來臨，我知道這一點，可是我不知為什麼不願意相信——或許，我以為二十四小時會像二十四年一樣漫長。所以，我仍舊能夠行動，能夠匆忙地趕來趕去，能夠回答問題，爬上繩梯，鑽進「積分號」。所以我仍舊可以觀察「積分號」如何震動水面，仍舊記得應該抓緊欄杆，還能夠感覺到手心裡的玻璃傳來冰涼的溫度。我看到透明的、有生命的起重機彎著長長的脖子，小心地把推進器需要的那種可怕的炸藥食物餵給「積分號」。下方河面上，風吹出藍色紋路和漩渦……可是，這一切在我看來都異常遙遠、陌生、乾巴巴的，好像只是畫在紙上的草圖似的，連副工程師那張草圖一樣扁平的臉出現在我面前都讓我覺得陌生。

「好哇！那麼我們應當運載多少供給推進器的燃料呢？如果我們希望它運行三個，或者三個半小時的話……」

我看到我伸在草圖上方的手按在計算機和對數表上，點著數字十五。

「十五噸。不過你最好……對了，最好裝載上一千噸。」

我之所以這麼回答，是因為我知道明天……我注意到自己的手和對數表開始顫抖。

「一千噸！要這麼多燃料做什麼？那足夠一星期用了！不，還不止一星期呢！」

「嗯，誰知道會出什麼事……」

比如我就不知道……

風呼嘯著，空氣中彷彿充滿什麼看不見的東西，叫人喘不過氣。我困難地呼吸、走路，而路的盡頭，蓄電塔上的指標也一樣困難地緩緩移動。塔尖直刺雲端——它看起來乾癟癟的，好像正無力地呻吟著，一面從雲中吸取電能。音樂塔正放著音樂。

一如既往地，號碼們四個一排四個一排地走著。不過，今天這隊伍好像沒有平時堅定；號碼們搖晃著，越來越佝僂著身體，也許是被風吹得抬不起頭的緣故吧。瞧！他們走到轉角，好像絆到了什麼似的突然往後退，呆若木雞地停下來擠做一團，緊張急促地呼吸著；他們全都像鵝一樣伸長脖子。

「看啊！不……快看！看啊——看那裡，快！」

「他們？那些是他們嗎？」

「啊，不要！不要！我寧願直接把頭伸進死刑機裡……」

「安靜點！你瘋了嗎？」

街角的禮堂大門打開一條縫，大約五十個人組成一支寬寬的隊伍走出來——使用「人」這個詞並不恰當，這個隊伍，與其說是「人」組成的，不如說是裝著大輪子的鋼鐵機器人，靠著某種看不見的機制驅動前進著。他們不是人，只是一種有點像人的機器。他們高舉一面白色旗幟，上面繡著一輪金太陽，幾行字光芒四射：「我們是第一批！我們已經做了手術！你們所有人，快跟著來呀！」

他們從容地、毫不遲疑地穿過人群，顯然，哪怕在前進道路上遇到一堵牆，一棵樹，一幢房子，他們都會同樣毫不猶豫地踐踏而過。他們在路中間會合，面朝我們，手挽手拉成一條鏈子。而我們則擠做一團，寒毛直豎，驚恐地等待。我們的脖子像鵝一樣伸長著。烏雲密布，狂風呼嘯。突然，長鏈左右兩端朝我們飛速包圍過來，像一架衝下山坡的沉重機器般速度越來越快，越來越快。他們縮緊了包圍圈，把我們朝張開大口的門口推過去，而裡面……

有個人刺耳地嚎叫起來：「他們在趕我們進去！快逃啊！」

大家飛快跑了起來。牆前面的鏈子還有一個缺口，大家便爭先恐後一頭鑽出這個缺口，朝外飛奔。許許多多腦袋像楔子一樣四處鑽著，用肋骨、肩膀、臀部到處擠開道路，就像一股水流呈扇形從救火水龍頭裡衝出來一樣，四周都是倉促的腳步、飛舞的手臂、制服……上下佝僂的S豎著他那透明的翅膀狀耳朵，突然在我眼前一晃而過，而我獨自在亂七八糟的手臂啊、腿啊中間掙扎、奔跑著……

我衝到一幢房子門口，背抵著門停下來喘口氣——突然，有個人像是被風吹來的紙片般，跌落到我眼前。

「我一直……一直跟著你……我不想……你明白嗎？我不想……我準備……」

小小胖手抓住我的袖子，圓圓的深藍色眼睛——是O-90號。她貼著我的身體滑下去，就像衣架斷掉後，上面掛的制服擦過牆面滑到地板上一樣。她像一個小包裹，縮在我腳下的冰冷臺階上，我俯在她上方，撫摸著她的腦袋和臉蛋。我的手泛著汗，覺得自己非常強大，而她非常弱小，好像是我自己的一小部分。我對她產生了一種和對I-330號全然不同的感覺。我覺得，古代人對他們私人的孩子一定也有我此刻這種感覺。

她用手蒙著臉，聲音從我腳邊傳來：「每天晚上我都……我不能！要是他們治好了我……每天晚上我獨自坐在黑暗中，想著他，想著等我把他……他會是什麼樣子……要是我被治好了，我就沒有什麼活下去的支柱了——你明白我的意思嗎？你必須得……你必須得……」

我突然有了一種荒唐的感覺，不過這是真的；我真的必須得幫她！說這個想法荒唐，是因為這個「責任」只是又一樁罪行而已。白和黑絕不可能混為一談，責任和犯罪同樣不能相提並論。不過，也許生活中並沒有什麼白色或者黑色，一切都要靠邏輯作為前提來判斷，要是這個前提是我違法提供給她一個孩子……

「沒問題，不過，別這樣……」我說：「我當然明白……我必須帶妳去見I-330號，就像我上次答應過的那樣，這樣她就可以……」

「好的。」（她放下蒙著臉的雙手，低聲回答。）

我把她扶起來。我們一聲不吭地沿黑暗街道走著，沉浸在各自的思緒中，或許我們想的都是同一件事……我們在沉默的、鉛灰色的房子間，在狂風粗暴、抽打的枝條中走著……

突然，從風的呼嘯聲中，我彷彿聽到水溝裡被激起水花的聲音，不知從什麼地方傳來熟悉的腳步聲。在轉角處我回身，從人行道上顛倒地飛翔著的烏雲倒影中，看到S的身影。我的手臂突然變得陌生，不合步伐地擺動，我開始低聲告訴O-90號，明天，是的，明天，「積分號」將第一次試飛，這將是件史無前例的大事，偉大、輝煌又神奇！

「想想看！有生以來第一次飛出這個城市的邊界之外，看到——誰知道我們會看到綠牆外面有什麼？」

O-90號驚愕地看著我，試圖用藍眼睛看透我的心思，她打量著我胡亂晃蕩的手臂。不過，我沒有給她任何開口的機會——我不斷地說著，說著……同時我心裡焦躁、瘋狂地翻攪著一個只有我自己能聽到的想法：「不行！不管怎樣……你不能把他引到I-330號那裡！」

於是我沒有朝右轉，而是朝左轉去。大橋順從地讓開，離開了我們三個，我，O和我們後面的他。河對面房子裡透出的燈光在水面上碎裂成千萬個小塊，活潑地舞動著，糅合在河水瘋狂的白沫中。離我們不遠處，風像繃緊的大提琴弦一般呻吟。我們身後，在這種大提琴的聲音中，始終夾雜著那個腳步聲……

我住的房子到了。O在入口處停下腳步，喊了起來：「不！你答應過的，不是嗎？你答應要……」

我沒讓她說完就匆忙把她推進大門，我們倆一起闖進大廳。控制臺前坐著臉頰垂下來，激動地顫抖著的人──她附近有一群號碼，他們正爭論著什麼事，紛紛把腦袋越過二樓欄杆往下看，又一個個跑下樓梯。不過，遲點再說這個。我把O-90號猛地拉往相反方向，背靠著牆坐到無人角落。我瞥到一個深色、頭部顯得很大的影子在人行道上前後移動。我掏出筆記本。O-90號在椅子上沉下去，彷彿快要從制服下蒸發似的，她身體溶化了，慢慢只剩空蕩蕩的制服，空洞的眼睛彷彿要把你吸進裡面的藍色空虛中。她有氣無力地問：「你為什麼帶我來這裡？你騙我。」

「不，別說得這麼大聲！看看這裡！你還不明白嗎？看牆外面？」

「是的，我看到一個影子。」

「他一直跟蹤我，所以我沒法……你懂嗎？我不能讓他……所以，我要寫一張便條給I-330號。妳把這紙條帶上，自己去找她。至於跟蹤的人，我知道他會守在這裡的。」

她的身體又有了形狀，在制服下面活過來；她臉上現出一點淡淡的黎明朝霞。我把紙條塞進她冰冷的手指間，緊緊握了她的手，最後一次看進她的藍眼睛。

「再見。也許有一天……」她掙脫出手，微微彎著身子，慢慢走開，走了兩步又飛快地回來。我們再次肩膀挨著肩膀坐著。她嘴脣蠕動著，用嘴脣和眼睛重複著什麼聽不見的話。多麼令人心碎的微笑！多麼令人難以忍受的場面！

然後，彎著腰的小人影走向門口，走到牆外。她沒有回頭，腳步越來越快……我走到U的桌邊。她的魚鰓憤怒地顫抖著，激動地對我說：「他們全都瘋了！比如說他吧，他居然想讓我相信，他在古代房子那裡看到一個赤身裸體，全身覆蓋著毛髮的人……」

從那群茫然地抬著頭的人中傳來一個聲音：「真的，我再說一遍，是真的。」

「好吧，你怎麼看待這事？哦，多瘋狂啊！」

「瘋狂」這個詞從她的嘴裡堅決、冷淡地說出來，使我禁不住自問：「也許，最近發生的這些事不是別的，果然只是一種瘋狂而已。」

我盯著自己毛茸茸的手，想起她的話：「也許你體內也流淌著一些太陽和樹林的血液。也許這就是為什麼我會……」不，幸好這不是瘋狂；哦不，應該說，不幸的是，這不是瘋狂。

筆記之三十三

匆匆忙忙
最後記一筆
白天

快啊，看看報紙！也許上面會有什麼消息……我用眼睛瀏覽著報紙（別感到奇怪，我現在的眼睛就像你抓在手裡的筆或者計算機一樣，只是一種陌生的工具或儀器罷了）。報紙首頁用大字印著：

幸福的敵人已經醒來！快用雙手抓牢你的幸福！明天，一切工作都必須停止，所有號碼都必須參加手術。不做手術的人將被送上無所不能者的死刑機。

明天！怎麼可能呢，哪還有什麼明天？我按照每天的習慣，將手（也是一個儀器而已！）伸到書架上，把今天的報紙放進收藏報紙的帶金色花紋盒子裡。我一邊做這事，一邊想：「這有什麼用呢？這麼做有什麼意義呢？我再也不會這樣做了……我再也不會在這個盒子裡放進什麼了……」於是手一鬆，任由報紙掉到地板上。

我茫然地四處看著，眼光掃過房間，匆忙把所有我捨不得留下的東西都塞進一個無形的箱子：我的桌子、我的書、我的椅子。這把椅子是I－330號那天曾經坐過的，當時我則跪在地板上……還有我的床……我呆立了一兩分鐘，等待什麼奇蹟發生：也許電話鈴會響，也許她會通知我……可是，沒有，沒有任何奇蹟出現……

我要走了，走向未知。這些是我最後的話了。再見了，我未知的、親愛的讀者們，我和你們在這些筆記裡分享了我的生活，我向你們坦誠了我患病的靈魂，展示了我的整個自我，連最後一顆裂開的小螺絲釘，最後一根破碎的彈簧都展現給你們看了……現在，我要離開了……

筆記之三十四

得到寬宥的人
陽光燦爛的夜晚
無線電女神

哦，但願我已摔成碎片！但願我已和她一起去到綠牆外的哪個地方，待在長著黃色獠牙的野獸中間！但願我沒有回到這裡！怎樣都比現在這樣強啊，強上一千倍、一百萬倍！可是現在——什麼？現在去供出一切！——這有用嗎？不，不，不！D-503號，冷靜！快投身到邏輯中，至少把你全部力量都死命壓到槓桿上，好像古代的奴隸一樣，轉動演繹推論的磨盤，直到你寫下並理解剛發生的一切……

我登上「積分號」時，大家都已經各就各位，這個巨大蜂巢的所有小房間都已經進駐了人。透過玻璃甲板，可以看到下面的人像螞蟻一樣小，都正忙著發電報，調整發電機、變壓器、高度計、通風器、指示器、推進器、幫浦、各種管子……公共大廳裡，有不少人坐在桌子邊、儀器前，也許他們都是科學部派來的；他們旁邊坐著副工程師和兩個助手。他們三個人都像海龜一樣，腦袋縮在肩膀上，臉色發青，沒精打采。

「感覺如何？」我問。

「唉，有點緊張。」其中的一個沒精打采、臉色發青地笑了笑回答。

「也許，我們會在某個陌生的地方登陸。再者，一般說來，沒人知道……」

我幾乎沒有勇氣看他們，因為再過一小時左右，我就要親手把他們丟出去了，我將把他們從我們的時間表上那些溫暖的數字中拖出去，永遠地把他們從聯眾國母親的懷抱中撕扯開來。他們讓我想起《三個得到寬宥的人》中的悲劇角色，這是很早以前，在時間表制定後的第三個世紀發生的事，所有在學校上學的孩子都知道這個故事。它的主人公是三個號碼，他們參加了一個實驗：整整一個月不工作。「你們想去哪就去哪，想做什麼就做什麼。」人們這麼吩咐他們。這三個不幸的人整整一個星期都在他們平常上班的地方打轉，渴望地看著那裡。他們會站在廣場上，身不由己做起平時上班時做的那些動作：他們對空氣又鋸又切，用看不見的大錘砸向看不見的樁子。最後，到了第十天，他們再也無法忍受了，他們手拉著手走進河裡，在〈進行曲〉的伴奏下，走進越來越深的河水裡，讓河流永遠終止他們的痛苦。我再說一遍，我沒有勇氣看他們，而且急於離開他們。

「我看看發動機室就走！」我說。

他們向我提出各種問題：「啟動時應當用多少電壓？船尾的水箱需要多少壓艙的水？」我隨口報出準確的答案，好像身體裡有臺留聲機似的，可是我，我的內在自我，正沉浸在自己的思緒裡。

狹窄的走道裡，灰制服們來來去去，臉也是灰色的，突然間，我看到有個人頭髮低低垂在額頭上，這額頭鼓突著，深陷的眼睛透過頭髮盯著你——是那個人。我明白了。他們已經來了，我已經無路可逃；我的時間只能以分鐘計了，只有幾十分鐘了……我全身微弱、隱隱地顫抖。這顫抖似乎永遠不會停止——好像在身體基座上放了一臺巨大的馬達，它如此強大，以至於牆啊、隔離板啊、電線啊、橫梁啊、燈啊，一切都跟著顫抖起來……

我不知道她是不是也在。不過，我沒有時間了……他們在喊我：快來！快上指揮者的艦橋！出發時間到了……可是要出發去哪兒呢？

周圍都是灰色的、沒精打采的臉，天空中是沉重的、鑄鐵般的雲塊，下方的水被風吹出緊繃的藍色血管。我幾乎沒有力氣抬起沉重得有如鑄鐵般的手去抓起指揮者的話筒……「起飛！四十五度！」

一聲巨大的爆響傳來，機身抽動一下，船尾猛然噴射出一團狂暴的、綠白色的煙柱，腳下的甲板動了，變得像橡膠一般柔軟；我下方的一切，我的整個生活，永別了……我覺得彷彿越來越深地捲入一個大漩渦，越來越難以呼吸。冰藍色的城市立體地圖出現在下方，我看到圓圓的穹頂了，看到蓄電塔孤零零的鉛手指尖了……突然，眼前出現一團棉花般的雲彩……我們穿透它，直衝陽光和藍天！過了幾秒鐘、幾分鐘、我們飛了幾英里，天空的藍色變得越來越凝重，很快就轉成黑色；星星像一滴滴冰冷的、銀製的汗珠一般冒出來……

這是一個悲哀的、炫目又黑暗的、繁星密布又陽光燦爛的夜晚。我覺得彷彿耳朵聾了似的，儘管能看到各個管子還在噴著射著，可是卻聽不到聲音；我們四周一片死寂的沉默。太陽也變得悄無聲息。不過，這是合乎情理的。我們早該料到這一點；我們已經衝出大氣層。這個變化來得太快太突然，以至於大家都有點膽怯，誰也不吭聲。可是我……我想我在這種迷幻、沉默的太陽下反倒覺得輕鬆了些。我已經越過最後的邊界，已經把這副皮囊留在下面不知什麼地方，我擺脫了我的身體，正朝一個新世界翱翔，那裡必將是一個翻天覆地的新天地。

「保持方向！」我朝發動機室吼道，或許，這只是我體內的留聲機在下命令吧，我像機器一樣，以機械式的動作將指揮者的話筒傳遞給副工程師。我全身都不為人知地微微顫抖著，我衝下升降扶梯，到處尋找她。

大廳的門到了……一個小時後，它就要拉上插銷，加上鎖……門口站著一個陌生的號碼。他身材瘦小，臉孔毫無特徵，像成千上萬普通人一樣平淡無奇，不過他的手臂異常的長——都能夠搆到膝蓋了，好像是一雙誤裝到肩膀上的人腿似的。

長手伸出來，攔住我的去路。

「你要去哪裡？」

顯然，他不知道我的身分。好吧，我別無選擇，只好低頭俯視著他，特意一本正經地宣布：「我是『積分號』的建造者，我是指揮這次試飛的人。你明白嗎？」

手臂收了起來。

我衝進大廳。長著鐵灰色鬃毛的腦袋、長著黃頭髮的腦袋、禿頂而成熟的腦袋，都俯在儀器和地圖上。我飛快掃視一圈，扭頭又衝出去；我跑過長長的走廊，穿過艙門，跑進發動機室。裡面到處是因燃燒而過熱的火紅鐵管，溫度高極了，轟鳴聲不絕於耳，槓桿跳著瘋狂的、醉醺醺的舞蹈，沒完沒了地抽動，而且幾乎不引人注目地顫抖著；儀表上的指針晃動著……好了！終於找到了！那個長著鼓突額頭的人手裡拿著一本筆記本，站在轉速計旁。

「聽著，」我直對他的耳朵吼（因為轟鳴聲）：「她在這裡嗎？她在哪裡？」

「她？她在無線電室。」

我衝了過去。那裡有三個人，全都帶著有耳機的頭盔。她看起來彷彿比平時高了一個頭，動作輕靈，容光煥發，像古代傳說中的女神一般穿梭；她身上彷彿迸發出無線電的藍色火花，還有那種清新的、閃電過後總會出現的新鮮空氣芳香。

「我需要個人手——哦，就妳吧，」我因為跑步而喘息，一邊吩咐她：「我必須對地面與各層甲板發送一則資訊。來吧，我口述給你聽。」

儀器邊有一個小小的、盒子般的小艙。我們肩並肩坐在桌子邊。我找到她的手，緊緊捏著。

「妳說，接下來會發生什麼事？」

「我不知道。不過你知道這有多美妙嗎？在不知道目的地的情況下飛行……不知會飛向何方？很快就十二點了，一切都有可能……等到晚上……你我今晚會在哪裡呢？也許在什麼地方的草地上，在乾燥的樹葉上……」

她身上迸射出的藍色火花和閃電的氣息，讓我體內顫抖的頻率越來越快。「記下來，」我大聲說，一邊喘著氣（因為剛才的奔跑），「時間：十一點二十分；速度：五千八百……」

「昨晚她帶著你的字條來。我知道……我什麼都知道，別說話……那可是你的孩子呀。我送她過去了；她已經出了綠牆。她會活下去的……」

我回到指揮者的艦橋上，回到有著黑色星空和炫目陽光的狂亂夜晚。桌上的鐘正一分鐘一分鐘慢慢走著，一切事物都悄悄地、幾乎難以察覺地顫動著（只有我注意到它）。不知為什麼，我突然覺得，要是這一切不是發生在這裡，而是在下方，在離地球近一點的地方，那就更好了。

「停！」我發出指令。我們憑藉慣性繼續運行，速度越來越慢。然後，「積分號」彷彿被一絲看不見的頭髮擋了一下，一動不動地停住，僵持了一秒鐘後，頭髮突然綳斷，飛船像塊石頭似的，越來越快地下墜，整整幾十分鐘都像這樣沉默地飛速墜落，我聽得到自己的脈搏轟然作響，眼前的時鐘指針越來越接近十二點。顯然，如果我是石頭，I－330號就是地面，石頭根據不可抵抗的引力，必然會朝下落去，直到掉回地面，摔成碎塊。要是……會怎樣？下方已經出現濃密的、藍色的雲朵……要是……會怎樣？可是，我體內的留聲機像機器一樣機械式、精確地命令我拿起話筒，發出指令：「低速行駛！」石塊停止下降。現在，只有四個下方的管子還在咆哮，兩個在前，兩個在後，發出的動力正好足夠維持「積分號」不上不下；飛船微微顫抖，在空中像拋錨似地停住。這時我們距離地面大約一千公尺。

大家都走上甲板（已經快到十二點，午餐的鐘聲就要敲響），倚在玻璃欄杆上；他們貪婪地欣賞綠牆外的陌生世界。淡黃色、藍色、綠色、秋天的樹林，草原，一個湖。小小藍碟子般的湖邊有個孤零零的黃色廢墟，一個嚇人的、乾枯的黃色手指——想必曾經是某個古代「教堂」的塔樓，純粹因為奇蹟才存留至今……

「看那裡！看啊！看右邊那裡！」

那裡——在一片綠色荒漠上——有一個棕色塊狀物體正在迅速移動。我發覺我手中正抓了個望遠鏡，便機械般將它舉到眼前：只見一群棕色馬正在飛奔，野草一直沒到牠們胸部，騎在馬背上的——是他們，黑皮膚的、白皮膚的、深色皮膚的……

我身後傳來個聲音說：「我向你保證，我看到一張臉了！」「走開！去對別人瞎扯吧！」「好吧，你自己看看，給你望遠鏡。」這時他們已經消失。只剩無窮無盡的綠色荒漠——突然之間，銅鑼震耳欲聾的聲波響徹這個荒漠，響徹我的全身以及整個飛船：午餐時間快到了，離十二點只差一分鐘。

我周圍的小世界突然騷亂了起來。有個人的銅胸章掉到地板上，但這無關緊要吧。很快地，我就把它踩在腳下。有人喊著：「我告訴你，那是一張人臉！」大廳門開了，出現一個黑色長方形。白色小牙齒緊咬著，微笑著……那鐘開始慢慢敲起來，一下一下驚心動魄地敲著，最前面的人朝餐廳走去，這時長方形的門突然被兩隻熟悉的、長得古怪的手臂攔住。

「站住！」某人的手指甲深深掐進我的手掌，是I-330號，她站在我身邊。「這是誰？你認識他嗎？」

「他？他不就是那個……」

他已經被什麼人扛了起來。他被高高舉著，高踞於眾人之上，他的臉像千百大眾的一樣平淡無奇，可是卻又別具特色……

「以安全衛士的名義！我告訴你們，他們聽得到我的聲音，每個人都聽得一清二楚！我告訴你們：我們對一切都瞭若指掌！我們還不知道你們的號碼，可是我們已經掌握了除此之外的一切！『積分號』絕不可能被你們占領！試飛會進行到底，而你們，你們將再也沒有機會輕舉妄動！你們給我乖乖地執行這次試飛，然後……好了，我說完了！」

周圍一片沉默。我腳下的玻璃地面變得軟綿綿，好像是棉花做的。我的腳也一樣，像棉花般發軟。我身邊的她，面如死人般蒼白地微笑著，微笑中藏著憤怒的藍色火花。她透過齒縫對我說：「哈！你幹得好哇！你履行了你的『責任』了吧！很好……」她把手從我的手中抽出，長著憤怒翅膀的女神頭盔飛快地趕到我前面遠處，只剩我一個人目瞪口呆站在原地，我只得尾隨眾人進入餐廳。

但不是我，不是我做的呀！我什麼人也沒有說，只在這些白色的、不會說話的紙張中傾吐過心聲……我在心裡無聲而絕望地對她狂喊著。她坐在桌子對面，眼睛看也不看我。她身邊坐了個老邁的、黃乎乎的禿頭。我聽到I-330號的聲音：「『高貴』的性格！可是我親愛的教授，對這個詞只要進行一點點粗淺的詞源學研究，就足以說明它只是一個迷信，是古代封建思想的一種殘餘。而我們……」

我擔心自己臉色越來越蒼白，很快就會有人注意到了。不過我的身體正機械地執行著每口咀嚼五十次的命令。我把自己鎖進體內，好像關進一間不透明的房間；我把一堆石頭堵在門口，放下窗簾……

之後，指揮者的話筒又回到我手裡，我們又一次穿過雲層，忐忑不安地飛進冰冷的、繁星密布又陽光燦爛的夜晚。幾分鐘、幾小時不斷飛逝……顯然，自始至終我體內的邏輯馬達一直在全速瘋狂運轉。因為我在遙遠的深藍色太空，忽然看到自己的書桌，還有長著魚鰓的U俯在上面的樣子，以及我攤在那裡忘記收起的筆記！我恍然大悟……不是別人，正是她！一切都清楚了！

我得馬上趕到無線電室！我看到長著翅膀似的頭盔，聞到她身上藍色閃電般的清香……我記得我聲音低低地跟她解釋，我也記得她的目光穿透過我，對我視若無睹，她的聲音彷彿從遠處冷冷地傳來：「我沒空。我正在接收地面消息。你向她口述去吧。」

我擠進狹小、盒子般的機艙裡……我思索一秒鐘，毅然口述道：

「時間：十四點四十分。下降。關閉推進器。結束一切。」

我又回到指揮者的艦橋。「積分號」的機器心臟停止了跳動，我們正在下墜，我的心臟被這速度刺激著，幾乎跳出喉嚨。我們穿過雲層，已經能看到遠處的綠點了——一切都是綠色的，越來越清楚，像場風暴般向我們撲來。很快就要結束了。

副工程師搪瓷盤般扭曲而蒼白的臉孔突然出現了！他用盡全力打了我一拳，我的頭撞上了什麼東西；在迫近的黑暗中，我一邊下墜，一邊聽到他喊：「啟動尾部推進器！全速前進！」

飛船猛然朝上一衝……

筆記之三十五

在環裡
胡蘿蔔
一場謀殺

我徹夜未眠，苦苦思考……由於昨天的事故，我的頭被什麼東西給緊緊包裹著——我覺得不是繃帶，倒像是個無情的玻璃鋼環箍在我腦袋上。我始終只想著一件事，這件事在我被箍住的腦袋裡不斷翻騰：殺了U。殺了U，然後到她那裡去問：「現在妳相信我了嗎？」最讓我不舒服的一點在於，殺戮是骯髒、原始的。用什麼東西打碎她的頭——單單這想法就讓我嘴裡湧出什麼噁心甜腥的東西。我無法咽下唾沫，我不斷往手帕裡吐口水，弄得嘴巴乾極了。

我的衣櫃裡有一根沉重的活塞桿，它在鑄造時裂開了，我把它帶回家，本打算用顯微鏡研究裂開的原因。我把手稿捲成一個筒（讓她看個夠吧！），把活塞桿塞進筒裡，帶著它下樓。樓梯好像永無盡頭，臺階滑溜溜、濕淋淋的，真噁心。我嘴裡不斷湧出液體，只得頻頻擦嘴。走到樓下……心裡沉甸甸的。我舉起活塞桿，走向控制臺。可是她不在，我只看到一張空蕩蕩、冰冷的辦公桌，上面沾著墨跡。我想起來，今天所有工作都停止了，大家都要去做手術，所以她沒必要留在這裡。沒人會來登記……

我跑上街頭。天正刮著風，空中像是塞滿了亂飛的鑄鐵塊般。昨天有一陣子，我也有和現在一樣的感覺：好像整個世界都碎成鋒利的、零碎的碎片，這些碎片都在全速下降；每個碎片都會突然停下，在我面前的空氣中懸浮一會，然後變得無影無蹤。這就好像這張紙上的黑色字母會突然間散開，驚恐地到處亂跳，紙張上什麼字也不剩，只有一些毫無意義的「嗯」、「哪」、「啊」、「呀」的音節。人群彷彿也同樣變得毫無意義，亂七八糟（不再成排成排）地走著，有的向前、有的向後，有橫著走的、有豎著走的……

然後，又變得一個人也看不見。我瘋狂地跑著，然後突然急停：二樓有個懸在空中玻璃籠子般的房間裡，站著一對男女——他們正在接吻；她全身朝後仰，心碎欲絕地說：「這是最後一次了，永別了……」

街角一團亂七八糟的腦袋簇擁著。這些腦袋上飄著一面旗幟：「打倒機器！打倒手術！」我思忖，「有沒有可能我們所有人都在忍受著一種劇烈的痛苦，它只能和心臟一起被移除？……那麼每個人都得……除非他已經……」突然，我又忘記了世界上的一切，只看到自己野獸般的手，抓著沉重的鑄鐵桿……

一個男孩出現了。他飛跑著，噘著下嘴脣，嘴脣像捲起的袖口一樣突出。他扭曲著臉，大聲哭泣；他好像正從誰那裡逃走。我聽到他身後有沉重的腳步聲追來……

看到男孩，我想起來：「U想必在學校。我得趕快！」我衝到最近的地鐵入口。入口處，有人擦身而過說：「別跑哇。今天沒有車……你看那裡！」我衝下臺階。空氣中有種瘋狂的氣氛。許許多多水晶太陽閃閃發亮，月臺上擠滿人群。一輛空空的、遲鈍的列車停在軌道上。

沉默中——突然響起一個聲音。我看不到她，但是我認得這個清脆、充滿活力、富有彈性、鞭子般一抽一抽的聲音！我覺得彷彿看到一對向太陽穴高高挑起的眉毛……

「讓開！讓我到她那去！我必須過去！」

有什麼觸角纏住我的手臂和肩膀。我被拉住，不得脫身。我只得在一片沉默中聽著：「不，到他們那去吧。他們會治癒你們；他們會用發酵的幸福餵飽你們。填飽肚皮之後，你們會心滿意足地入睡，秩序井然、節奏統一，還甜蜜地打呼呢。你們難道還聽不到你們那偉大的打呼交響曲嗎？愚蠢的人們啊！你們難道意識不到，他們打算幫助你們從這些折磨人的、蟲子般令人不安的問號下解放出來嗎？你們居然還站在這裡，聽我說這些話？快啊！快上去！快去做偉大的手術！我一個人留在這裡，這和你們又有什麼關係呢？要是我打算鬥爭、絕望地鬥爭下去，這和你們又有什麼關係呢？你們根本不用管我！要是我不想要別人幫我決定自己需要什麼，這和你們又有什麼關係呢？我想要自己決定我需要什麼。如果說我需要的是不可能的東西……」

另一個沉悶的、慢悠悠的聲音響起：「啊哈！這是不可能的！這意味著追隨愚蠢的幻想；那些幻想會像尾巴一樣，從你們的鼻子底下冒出來。不，我們要抓住那根尾巴，然後……」

「然後吞掉它，安眠吧、打呼吧；然後又得再找一根新尾巴。據說，古代有一種叫驢子的動物。為了讓牠向前走，人們就在一根棍子上拴根胡蘿蔔，吊在牠們的鼻子前，讓牠們怎麼也搆不著……萬一驢子真追上胡蘿蔔，吞掉它……」

觸角突然放開我，我朝她的聲音衝過去，不過，這時人群突然混亂起來。我身後傳來驚呼：「他們來這裡了！來了！」燈光忽閃幾下熄滅了——有人切斷了電纜——周圍頓時變成一團由呼喊、呻吟、腦袋、手指混合成的岩漿……

我不知道我們在地鐵隧道裡這樣折騰了多久。我只記得我腳下感覺到臺階，黃昏的光線出現，越來越明亮，終於我們又爬上街頭，呈扇形朝四面八方散去。

又只剩我一個人了。風颳著，灰色、微弱的月光爬上我的額頭。在人行道潮濕的玻璃面上，映出一個非常深邃的地方，那裡有燈光，有上下顛倒的牆和腳朝上走動的人影。我手中的沉重包裹把我往那個深深的底層拖去。

我又回到書桌邊。U不在那裡；她的房間一片黑暗，空無一人。我上樓回到我的房間，打開燈。我被鐵環緊箍著的太陽穴猛烈地跳動著。我走來走去，總是繞著同樣一個圈子：桌子、桌上白色的包裹，床，桌子，桌上白色的包裹……左邊房間的窗簾放了下來。右邊房間裡有一個長疙瘩的禿頭俯在書上，他長著巨大的、拋物線形的額頭。額頭上的皺紋像一系列黃色的、難以辨認的線條。我們的目光不時對視，我漸漸覺得這些線條是因我而起。

後來的事情發生在二十一點整。U突然自己走進我的房間，我記得我劇烈地喘息著，喘氣聲幾乎震耳欲聾，我試圖按捺住，卻沒有成功。

她坐下來，撫平膝蓋上的制服皺紋。紅棕色魚鰓晃動著。

「啊，親愛的，你真的受傷了嗎？我剛剛才知道，於是馬上趕來……」

我面前的桌子上擱著鐵桿。我跳起身，喘息得更劇烈了。她聽到這聲音，話說到一半就驚異地站起來。我已經瞄準她的腦袋；我嘴裡湧出噁心的甜腥液體……手帕呢？我摸不到它，乾脆就吐在地板上。

那個因為擔心我而長出深深的黃色皺紋的傢伙！千萬不能讓他看到這一幕。要是被他看到，那不是更噁心嗎？我按下按鈕（我沒有權利這樣做，但是這時候誰還管什麼權利不權利的？），窗簾落下。

她顯然感覺到即將發生的事了，慌忙衝向門口。我比她搶先一步，用鑰匙鎖上門，大聲喘息著，直接瞄準她腦袋上那個地方……

「你……你瘋了！你怎麼敢……」她朝後倒到床上，顫抖的手夾在膝蓋中間……我像一根繃緊的彈簧，目光死死鎖定她，緩緩把手伸向桌子（只有一個手臂動得了），抓住鐵桿。

「我請求你！再一天……只要一天！明天我要去參加儀式……」

她在胡扯些什麼？我舉起手臂……我想我就要殺死她了。沒錯，我不知名的讀者們，你們有權稱我為謀殺犯。

我知道馬上就要擊中她的腦袋了，可是她突然發出尖叫：「看在……看在……我同意……我……

等我一下……」她顫抖地扯開制服——露出一個肥大、蒼黃、鬆弛的身體，癱倒在床上……

我突然反應過來：她以為我拉下窗簾是想……想要……她以為我打算……這未免太出乎意料，太可笑了，我忍不住大笑起來。我體內繃緊的彈簧頓時鬆開，手一軟，鐵桿落到地上。

從這段個人經驗中，我意識到笑聲是最可怕的一種武器；你可以用笑聲毀滅一切，包括謀殺。我歇斯底里地笑著，跌坐在桌邊。我覺得這個荒謬的處境毫無出路。我不知道要是任事情自然發展，會有什麼結果。不過，數學公式裡突然跳出一個新的因素：電話響了。

我匆忙抓起話筒。有可能是她……我聽到一個陌生的聲音：「請稍等。」接著是令人厭煩、沒完沒了的嗡嗡聲；沉重的腳步由遠及近，越來越響，聽起來有點像鑄鐵的聲音，然後……「D-503號嗎？無所不能者在跟你說話。立刻到我這來。」叮噹一聲，他掛上電話。叮噹！就像鑰匙在鎖眼裡一扭。

U還躺在床上，閉著眼睛，魚鰓向兩邊下垂，好像在微笑的樣子。我拾起她的衣服扔到她身上，透過齒縫對她說：「沒事了。快點！快點！」

她用手臂肘撐起身體，乳房垂著，眼睛圓圓地瞪著。她簡直變成了一尊蠟像。

「你說什麼？」

「穿好衣服，聽到沒有！」

她的臉扭曲著，狠狠抓過衣服，冷冰冰地說：「轉過身去……」

我轉過身，額頭抵著玻璃。我看到燈光、人影，火花在黑色、潮濕的鏡子裡顫動著……不，這一切都是我，是我自己……都發生在我體內……他為什麼叫我去？他是否已經知道了關於我、關於她、關於一切的祕密？

U穿好衣服，走到門口。我朝她邁了一步，狠命捏住她的手，恨不能把答案從她手裡一滴一滴擠出來。

「聽著……她的名字，妳知道我說的是誰，妳報告她的名字了嗎？沒有？妳給我說實話，我必須……我不在乎會發生什麼，可是妳給我說實話！」

「沒有。」

「沒有？可是為什麼不呢？既然妳……」

她的下嘴脣像那個男孩一樣嘛出來，她臉上……眼淚淌下臉頰。「因為我……我害怕要是這樣做了，你就……你就再也不會愛我……哦，我不能，我做不到！」

我理解了。這是實話。荒謬、滑稽，卻又符合人性的實話。我打開門。

筆記之三十六

紙張的空白
基督教上帝
我的母親

我在這些紙張中只能留出一段空白了。真奇怪，關於我怎麼走到那裡，怎麼等待（我記得自己不得不等了一會），我什麼都不記得；什麼聲音、面孔、姿勢，我都不記得，好像我和世界的連接線被切斷了。

我清醒後，發覺自己站在他面前。我不敢抬起眼睛；我只能看到巨大的鑄鐵之手擱在他的膝蓋上。這雙手沉重無比，好像把他的膝蓋都要壓彎了。他慢慢動著手指。他的臉高高在上，好像高入雲端。幸好他的聲音是從這麼高的地方傳來，才不至於像雷電一樣震耳欲聾，而是接近普通的人類的聲音。

「那麼說，連你也是一樣嘍，你，『積分號』的建造者！你，注定了要成為所有征服者中最偉大者的人！名字本應在聯眾國歷史上掀開輝煌燦爛的新篇章的人！連你也……」

血湧上我的腦袋，直衝臉頰──這裡我只好又留了一段空白；我只聽得到自己太陽穴的搏動聲和上方傳來的洪亮話語；不過，我一個字也不記得。直到等他說完以後，我才清醒過來。我注意到他的手好像足足有一千磅重，沉甸甸地、慢慢地挪動著──他的手令我生畏。

「怎麼？你為什麼不說話？這是真的還是假的？『劊子手』！是這樣說的嗎？」

「是的。」我軟弱地重複。突然我又能清楚地聽到他的話了：

「好吧，那又怎樣？你以為我害怕這個詞嗎？你試過揭開它的外殼，看看它的真實含義嗎？我來告訴你吧……你記得這個場景嗎？一座藍色的小山，一群人，一個十字架──山上有人全身濺滿鮮血，正忙著把一個人的身體釘上十字架；山下的人都淚流滿面朝山上看著。你難道不覺得，山上那些人必須扮演的角色才是更困難、更重要的嗎？要不是因為他們，那場可怕的悲劇怎麼可能上演？雖然他們遭到黑壓壓的人群所不齒，但正因為這個，這場悲劇的創造者，即上帝本人，更要給他們慷慨的報酬，不是嗎？而最仁慈的基督教上帝本人，不也用慢火焚燒著所有異教徒，不也正是一個劊子手嗎？基督徒燒死的人數難道少於被燒死的基督徒嗎？可是，你必須記住這一點！這個上帝難道不是幾個世紀以來，始終被尊奉為仁愛者嗎？可笑吧？不，不可笑，相反地，這正是一個用血寫下的證明，證明了人類不朽的智慧。即使當人類還處於野蠻狀態、渾身長毛時，他們也知道真正的、符合幾何學的愛必須是非人性的，真理的必然特徵就是殘忍——正如火的必然特徵就是能夠造成燒灼感一樣。你能找到一種不會燒傷人的火嗎？哼，證明你的觀點吧！反駁我呀！」

我怎麼能反駁呢？我怎麼能反駁這些曾經也屬於我的思想？我只是從沒能夠像這樣將它們套上如此輝煌、堅韌的盔甲罷了，因此我只能一聲不吭。

「如果你的沉默表示默認，那麼，就讓我們像哄孩子上床以後的成年人一樣聊聊吧；我們來談談邏輯。我問你：人從兒時起，就夢想著、渴望著、祈禱著的東西是什麼？他渴望有一天有人會告訴他什麼是幸福，然後用這幸福鎖住他。我們現在所做的，難道不正是這個嗎？古代關於天堂的美夢……記住：天堂裡的人再也沒有什麼欲望了，沒有憐憫，也沒有愛；他們全都生活在幸福中。上帝的天使和僕人的幻想中都被動了手術，所以他們才得到這種賜福……現在，我們正要進入這個美夢，我們正把這個美夢牢牢抓在手心（他緊緊捏住拳頭，即使裡面握著的是塊石頭，也能被捏出水來！）……現在，我們只差包好獎品，平等地分發給所有人，可是就在這個時候，你卻……」

鑄鐵的咆哮突然停頓。我像一塊被大錘敲擊的燒紅鐵塊，滿臉漲得通紅。大錘突然停頓，懸而不落，而我則等待著……等待著……突然：

「你多大了？」

「三十二歲。」

「年紀是不小了，但還像十六歲的人一樣幼稚！聽著，難道你真的從來沒有意識到，他們——

我們還不知道他們的名字，可是我相信你會告訴我們——是因為你是『積分號』的建造者才對你有興趣嗎？完全是為了利用你……」

「不！不！」我喊叫起來。不過，這就像哭喊著用手阻擋子彈一樣徒勞：你一邊聽自己高呼「不」，一邊子彈早已穿透你，你痛苦地掙扎倒地。

是的，沒錯，我是「積分號」的建造者……是的，沒錯……突然，我腦海中閃出那天早上U憤怒的臉和抽搐的磚紅色魚鰓，當時她倆正在……

我記得自己傻笑著抬起頭。我看到面前坐著一個蘇格拉底似的禿頭男人，禿頭上布滿汗珠。一切其實是多麼簡單、多麼清楚易見啊！簡單得都有點荒唐了！我笑得嗆住了，上氣不接下氣；我用手擋住嘴，瘋狂地衝出去……

臺階。大風。濕漉漉、跳動的光線和臉的碎片在我面前晃動……我一邊跑一邊想：「不！我一定要去看看她！要再見她一次！」

接下來的事又是一段空白。我只記得看到無數隻腳：不是人，而只是腳。無數的腳混亂地踐踏上人行道，組成一片濃密的腳之雨……還有一些歡快大膽的聲音，一聲說不定是朝我來的喊聲：「喂！喂！來這裡！加入我們吧！」

之後，我發現自己站在空無一人的廣場上，狂風呼嘯。廣場中間是一團黯淡、沉重、可怕的東西——無所不能者的死刑機。一看到它，我腦海裡就湧出一個出乎意料的景象：一個雪白的枕頭，枕頭上有一個仰著的頭，眼睛半睜半閉，一排尖銳、雪白的小牙齒……把這一切和死刑機連在一起，這多荒謬、多可怕呀！我知道為什麼會產生這種聯想，可是我不想明白，也不想大聲說出來——我不想！我不要！

我閉上眼睛，在通往死刑機的臺階上坐下。肯定是因為跑得太快了，所以現在我臉上濕淋淋的。遠處，不知什麼地方傳來喊叫聲，這聲音誰也聽不到，沒有人能聽到我的呼喊：「救我出來呀——救救我呀！」

假如我像古代人那樣，有一個母親就好了——我的母親，我的。對她來說，我不是什麼「積分號」的建造者，不是D-503號，不是聯眾國的一個分子，只是一個活生生的人，是她的一個部分，一個被踐踏、萎縮、脫離了的部分……儘管我正把釘子敲進十字架，或者正被釘上十字架（也許這沒什麼差別），她總能聽到我無聲的呼喊，她蒼老、揪成一團、皺紋遍布的嘴唇啊……

筆記之三十七

纖毛蟲
災難日
她的房間

今天早晨在餐廳，左邊的人憂心忡忡地對我低語：「你為什麼不吃？你沒看到嗎？他們在注意你了！」

我不得不用盡全力擠出一個微笑。我感覺這微笑簡直就像臉上的一道裂縫；我繼續微笑著，裂縫裂得越來越開。這很痛苦。

接著，我剛用叉子戳著小塊食物舉到嘴邊，叉子就從手中滑落，「叮」地一聲撞在盤子上。桌子、牆、盤子，甚至空氣都突然顫抖、轟鳴起來；外面也一樣，空中響徹鑄鐵般洪亮的巨聲咆哮——它在頭頂和房子上迴盪，慢慢波及遠方，又像水面上漸漸平靜下來的小漩渦，晃著晃著然後消失。

我看到無數張臉突然變得死了一般蒼白；許多塞滿食物的嘴突然一動不動地僵住，叉子也停留在半空中。之後一切都陷入混亂，脫離了延續幾個世紀不變的軌道；大家都跳起來（沒有唱頌歌！），匆忙嚥下嘴裡正嚼著的東西，一邊嗆得亂咳一邊抓住別人打聽，互相問著：「怎麼了？發生什麼了？什麼事？」一度有條不紊的偉大機制成了些亂七八糟的碎片，四處飛散——衝進電梯，衝下臺階，被許多隻腳踩著……支離破碎的話語像撕碎的信紙一樣在風中飛舞……

鄰近的房子裡也出現同樣的騷動。過了一會，街上突然變得像是顯微鏡下看到的一滴水：凝固在透明的、玻璃一樣水滴中的纖毛蟲正四處亂竄，從左到右，從上到下動個不停。

「啊！」有人激動地喊。我看到一個頸子後面，還有一隻指向空中的手指。手指像個指南針似地指著，所有眼睛都盯向天空。

空中，雲團彼此碾壓，好像在躲避看不到的追捕者似的；在雲團中，安全衛士的飛行器正帶著管子般的觸角飛行。遠遠的西方，有個東西像是……起初誰也沒有認出那是什麼，連我也一樣，儘管我（不幸地）應該比別人更清楚。那好像是巨大的一團黑色飛行器，在高空成群飛舞——它們看起來幾乎難以辨認，只是一些飛速移動的小點，隨著飛得越來越近，嘶啞、刺耳的聲音慢慢傳到地面，我們終於看到在空中飛舞的鳥兒！空中布滿這些尖銳、黑色、下降的三角形。憤怒的風把牠們朝下驅趕，牠們在穹頂、屋頂、電線杆和陽臺上著陸。

「啊——啥！」激動的脖子轉了過來；我又看到了那個額頭鼓突的人，不過他看起來好像換了個人似的，臉上容光煥發。在風聲、翅膀撲騰聲和鳥叫聲中，他對我喊道：「你知道嗎？你知道嗎？綠牆已經炸翻了！你知道嗎？」

我看到他身後許多人正縮著脖子匆忙跑過，衝進房子裡。人行道中間有一群已做過手術的人，他們朝西面趕去……

他的嘴和眼睛周圍都毛茸茸的，容光煥發……

我抓住他的雙手：「告訴我，她在哪？I-330號在哪裡？那裡嗎？在綠牆外，還是……？我必須……你有聽到我說話嗎？趕快……我不能再……」

「在這裡！」他快樂地、喝醉了似地喊道，露出黃色大牙，「就在城裡，她正在行動！哦，我們幹了件大事！」

「我們」是誰？我是誰？

他周圍大約有五十個人。他們像他一樣，都顯得煥然一新。他們都聲音響亮、表情愉快，有著結實的牙齒，頂著狂風走來走去。他們手中舉著可怕的電棒（從哪弄來的？），沿第四十八大街方向朝西走去，包圍住那些做了手術的人……

我在風編織出的粗繩阻擋下踉蹌著朝她跑去。為什麼？我不知道。我踉蹌著……空蕩蕩的街道……城市看起來陌生、野蠻，充滿鳥兒無休止、勝利的喧鬧聲。看起來好像世界末日到了，災難日到了。

透過許多房子的玻璃牆（這銘刻在我的記憶中），我看到男性和女性號碼們無恥地擁抱——窗簾也不拉下，也沒有粉紅票，就在大白天！

那幢房子到了——她住的那幢房子：大門開著一條縫。我走進門廳，大廳裡和控制臺後都空無一人。電梯停在半層樓中。我喘著粗氣爬上彷彿沒完沒了的樓梯，衝進走廊。門上的數字像轉動的輪輻一樣逐個閃過我眼前：320、326、330——I－330號！透過玻璃牆，我看到她房間裡所有東西都翻倒了，一片狼藉，混亂不堪：桌子像野獸般四腳朝天；床歪斜地抵在牆上；地板上亂七八糟——滿是花瓣般凋落、任人踐踏的粉紅票。

我彎腰拾起一張，兩張，三張粉紅票：上面全都寫著D－503號。所有這些粉紅票上都有我，它們是我的點滴，是我溶化的、噴吐出的自我。就這些了，就剩這些了……

不知怎的，我覺得它們不該躺在地板上任人踐踏。我拾了一把放到桌上，小心地撫平，看著它們，然後……狂笑起來……我以前從來不知道這一點，不過現在知道了，你們想必也一樣——笑聲有著不同色彩。笑聲只是我們體內爆炸的遙遠回音：它可以是一個假日的回音，紅色的、藍色的和金色的焰火，有時也可能代表炸飛到空中的人體碎片……

我注意到一些粉紅票上有個陌生名字。我不記得數字了，不過我記得字母：F。我把所有票根從桌上拂到地上，用腳踩它們，踩著我自己，用腳跟狠狠踩著……然後我離開了。

在走廊裡，我坐在她門前的窗臺上，愚蠢地等了很久。一個老人走近。他的臉像是一個被穿透的、空蕩蕩的膀胱，結滿皺紋，穿刺點那裡，有什麼透明液體還在不斷流淌出來。緩緩地、慢慢地，我漸漸明白過來——是眼淚。老頭走開很遠，我才回過神，喊了起來：「請……聽我說……你認識……I－330號嗎？」

老人轉過頭，絕望地揮揮手，踉蹌著走遠……

我在黃昏時分回到家。西邊的天空上，淡藍色電波每秒鐘都不停抽動著，從那裡不斷傳來隱約的咆哮聲。屋頂上覆蓋的滿是黑色、烤焦的棍子——死鳥們。

我躺下了；馬上，睡眠就像一隻沉重的野獸，壓迫著我，讓我窒息……

筆記之三十八

不知道該用什麼做標題——不妨就叫一截被扔掉的菸頭吧

我醒過來，眼睛頓時被一陣炫目亮光刺痛。我半閉著眼睛，覺得腦袋裡好像充滿一種腐蝕性藍煙，一切都包裹在霧中，我在霧中思忖：「可是我沒有開燈呀……為什麼……」

我驚跳起來。桌邊，I-330號手托下巴，正笑吟吟看著我。她那時就坐在我現在寫字的桌邊，待了大概十到十五分鐘吧。這段短暫時光雖然已經過去很久，彷彿被殘酷地壓縮成一段繃緊的彈簧，可是我總感覺上一秒鐘門才在她身後關上，我仍舊能夠追上她，抓住她的手，而她會笑出聲來，說……

I-330號坐在桌邊。我向她撲過去。

「是妳？真是妳！我一直在……我看到妳的房間……我以為妳……」可是話說到一半就說不下去了，她尖銳僵硬的睫毛止住了我。我想起來：她在「積分號」上也是這樣冷冷看我的。我覺得必須在一眨眼間，把一切向她和盤托出，讓她完全相信我，否則她可能就再也不會……

「聽著，I-330號，我必須……我必須……一切！不，不，等一下——先讓我倒杯水。」

我嘴巴發乾，好像裡面襯了一層吸墨紙。我倒了杯水，卻沒什麼用……我把杯子放回到桌上，兩隻手死命抓住水瓶。

這時，我才注意到藍煙來自一根香菸。她把香菸舉到嘴邊，熱切地吸了一口，就像我喝水一樣，然後把煙又吐出來，她說：「別這樣。安靜點。你看不出來嗎？這已無關緊要。不管怎麼說，我來了。他們在下面等我……你想要這幾分鐘嗎？這是我們最後……」

她猛然把香菸扔到地上，身子向後仰，從椅子一側伸手去搆牆上的按鈕（這個姿勢非常困難），我記得椅子微微傾斜，兩隻椅腳蹺到空中。窗簾落下。

她湊近我，擁抱我。透過裙子，她的膝蓋像一種慢慢滲透的、溫暖的、無孔不入的毒藥……

（這種事經常發生）你陷入甜蜜、溫暖的睡眠——然後突然間，你好像被刺戳到，渾身一抖又圓睜雙眼。現在就是這樣：我突然想起她房間裡地板上散落的粉紅票，上面踩滿腳印，有些票上印著F和一些數字……加號和減號在我腦海裡糾纏成亂糟糟的一團……直到現在也說不出這是種什麼感覺，不過我碾壓著她，直到她痛苦地叫出聲……

在這十分鐘還是十五分鐘裡，又過了一分鐘；她的頭躺在潔白的枕頭上，眼睛半閉，一排尖銳、甜蜜的小牙齒……這一切不可阻擋地、可怕地使我想起一些恐怖的事，一些與此刻格格不入的事。我更加溫柔，也更加殘酷地把她拉近我的身體，用手指在她身體上按出更深的藍色印痕……

她沒有睜開眼睛（我注意到這一點）問：「據說，你昨天見到了無所不能者，是真的嗎？」

「是的。」

她的眼睛猛然睜大。我高興地看著她，卻發覺她臉色越來越蒼白，直到幾乎沒有血色，好像整張臉都被抹去——只剩一雙大眼睛。我把一切都告訴了她。只是不知為什麼（不，這話不對，其實我知道為什麼），有一件事我沒有提：他最後告訴我，他們之所以需要我，完全是想利用我去……

她的臉就像顯影液中的相片圖像一樣，漸漸重新浮現：臉頰、白色小牙齒，嘴唇。她站起身，走到衣櫃的鏡子門前。我嘴巴又發乾了。我倒了杯水，卻難以下嚥；我把杯子放回桌上，問：「妳來看我，就是因為想打聽……」

鏡子裡，一對眉毛尖銳、嘲諷地高高挑到太陽穴，形成一個三角形。她轉過身想說什麼，卻終究沒有開口。沒必要說了。我明白了。為了向她表示告別，我揮舞起不聽使喚的四肢，撞到椅子。椅子翻了過去，像她房間裡的桌子一樣四腳朝天，死氣沉沉。她的嘴唇冰冷……就像我床前的地板那樣冰冷……

她走後，我坐在地板上，垂著腦袋，看著那截菸頭……我再也寫不動了——不想寫了！

筆記之三十九

結局

這一切就像在飽和液體中又投進一塊晶體；很快，針尖一樣的晶體便開始凝結，液體越來越稠，這些晶體凝結起來的塊狀物越來越大。我終於明白了一切，並且下定決心，明天早晨我就要履行這個決心！這無異於自殺，但也許這樣我就可以得到重生。只有死去方能重生。

西方的天空每秒鐘都抽搐顫動一下。我的頭燒灼著，太陽穴鼓突著亂跳；我徹夜未眠，直到早晨七點左右才睡著，這時夜晚的黑暗已經消退，天空變成灰色，也看得見覆蓋著死鳥的屋頂了……

我又醒了：已是十點鐘。顯然，鐘今天沒響。桌子上——昨天殘留下來的——是一杯水。我貪婪地吞下這杯水，衝出門：得分秒必爭才行。

天空的一切都被暴風雨蠶食一空，只剩光禿禿的藍天——秋天的藍色空氣裁出的——稀薄、碰不得，看起來非常脆弱，一撞就碎成玻璃塵土的天空。我也一樣，我不能思考，思考是件危險的事，因為……

於是我什麼也不想，可能的話，甚至看也不看周圍，我記下的也許都只是些印象而已。人行道上布滿不知來自何處的樹枝；葉子是綠色、黃色和深紅色的。頭頂上，鳥兒和飛行器互相衝撞。我周圍全是些腦袋、張大的嘴、揮舞樹枝的手……我想應該充斥著喊叫聲、砰砰的響聲、小鳥的啾啾叫聲……

接著——街道好像被瘟疫侵襲過一般，空蕩蕩的——我記得踉蹌地絆上了個軟綿綿的噁心東西，它毫無知覺，一動不動。我彎下腰，原來是一具屍體。它平躺著，腿叉開。那張臉——我記得這厚厚的黑人般嘴脣，它現在彷彿還在哈哈大笑，噴濺唾沫。他深陷的眼睛朝我笑著。我飛快地跨過他，跑了起來……我再也不能……我必須盡快了結所有事情，否則我擔心自己就要裂開了，我會像一艘超載的帆船般一裂兩半……

幸運的是，那地方不到二十步遠了：我已經看到金色的大字招牌：「安全衛士部」。我在門口停了一下，盡情做幾個深呼吸，推門而進。

走廊裡站著看不到頭的一排號碼，手裡都抓著小紙片或者沉重的筆記本。他們慢慢挪動，好不容易走一小步又停下來。我和這條長鏈一起挪動；我的腦袋好像要炸裂了。我拉住他們的袖子，像一個病人在求人施捨點什麼哪怕會造成劇痛的解藥，只要這東西能迅速了斷一切就行。

有個女人腰上緊箍著腰帶，胸前兩個突出的圓滾滾半球甩來甩去，好像上面長著眼睛。她對著我吃吃笑起來：「他肚子痛！快帶他去右邊第二扇門那裡！」大家都笑起來，這笑聲使我喉嚨裡好像湧起什麼東西；我覺得自己要不就是尖叫出來，要不……要不……

突然，身後有人碰了碰我的手臂。我轉過身。透明翅膀般的耳朵！可是，它們不像平時那樣是粉紅色的；它們變成了深紅色。他的喉結上下跳動，好像要掙破皮膚衝出來……

小鑽頭飛快地鑽進我心裡：「你來這裡做什麼？」

我抓住他。

「快啊！求求你！快啊！到你辦公室去……我必須說出一切……立刻……我很高興你……要對你說，這真有點可怕……不過這樣也好……也好……」

他也認識她，使得這件事顯得更加難以忍受。不過，等他聽到我的舉報，也許他會像我一樣顫抖起來，那這件事就是我們倆一起做的了……我不願意一個人面對這個時刻——我一生中最重大的時刻……

門「砰」地一聲關上。我記得門底下卡了張紙，關門的時候，它拖在地板上沙沙響。接著，我們周圍突然籠罩著奇怪、令人窒息的沉默，就好像在玻璃氣鐘罩裡一般。他只要說出任何一個字，哪怕是一個簡單的、毫無意義的字，我就會立刻對他和盤托出了。可是他一言不發，這讓我緊張萬分，耳朵嗡嗡直響。我迴避他的目光說：「我想我一開始就恨她……我掙扎過……哦，不，不，不要相信我的話；我也許有過機會，但我不想拯救自己。我想要毀滅，我就想這樣……即使是現在，即使這會，在我已經知道一切之後……你知道我被叫去見無所不能者嗎？」

「是的，我知道。」

「而他對我說了些什麼呀！請你明白，這相當於……這就好像有人正在搬開你腳下的地板，於是你和這裡桌上的一切，什麼紙張啦……墨水啦……墨水會濺出來，在所有東西上潑上墨漬……」

「還有什麼？有什麼下文嗎？快點，別人都在排隊呢！」於是，我結結巴巴地告訴了他這些筆記中記錄的所有事情……關於我的真實自我，關於我的毛茸茸的自我，還有關於我的手……是的……準確地講，這就是故事的開始……還講了我怎樣對自己撒謊，她怎樣為我弄到假診斷，我怎樣一天天越變越壞，還講了地下的長走廊以及綠牆外面……

我亂七八糟、顛三倒四地講著這些事情。我不時結巴起來，不知道該如何表達。他微笑的彎彎嘴唇會幫我找到需要的詞，我則感激地點頭：「是的，是的！」突然，怎麼回事？他開始替我講述了！我只是邊聽邊點頭：「是啊，是的」和「是啊，就是這樣的……是的……是的……」

我感覺嘴唇周圍一片冰冷，好像搽了乙醚似的。我艱難地開口問道：「可是怎麼會……你從哪裡得知這一切……」

他笑起來，嘴唇的線條更加彎曲。他回答：「我看得出來，你還是有事想瞞我。比如，你列舉了在綠牆外看到的各種事情，可是你漏掉了一件事。你想否認？難道你記不得了嗎？在那一刻，你不是看到我了嗎？是啊，沒錯，**就是我！**」

我呆住了。

突然，好像一道閃電般，我羞愧萬分地明白了一切：他——他也——我突然覺得我全盤托出的這些東西：我自己啦，我的痛苦啦，還有我前前後後的想法，我如何不堪重負，終於鼓起勇氣來這裡，好像這就算是完成了多麼偉大的一件事似的，這一切都顯得滑稽可笑。這就像古代關於亞伯拉罕和以撒的故事一樣：亞伯拉罕全身淌著冷汗，高舉匕首，正打算殺死兒子，突然聽到天上傳來聲音：「別當真……我只是和你開了個玩笑嘛。」

我死死盯著那個張得越來越大的微笑，用手抵著桌子，慢慢把我的椅子推離他。我握緊拳頭，扭頭瘋狂地衝出去，穿過各種大呼小叫的聲音，跑下臺階……許許多多張大的人嘴從我眼前一晃而過……

我糊裡糊塗走到一間公共休息室，位於某個地鐵站內。地面上一切都在毀滅；最偉大的文明，人類歷史上最理性的一段正在萎縮；但嘲諷的是，地鐵裡的一切都還像從前一樣美麗。牆壁發亮，水流溫和地低語；看不見的透明音樂也像水流一樣流淌……想想看呀！這一切都注定要毀滅！這一切都遲早會覆蓋著荒草，只留下各種傳說……

我大聲呻吟起來。左邊有人輕拍我的膝蓋，原來是我那位鄰居，他正坐在我左邊——一個光禿的拋物線形大額頭，上面布滿黃色的、難以辨認的皺紋，這些皺紋都是因我而起的呀。

「我理解你。我非常理解，」他說：「可是，你必須平靜下來。你必須得這樣。它會回來的，一定會的。大家都必須知道我的發現，這很重要。你是第一個聽我談到它的人。我已經計算出來了，不存在無限！不存在！」

我瘋狂地看著他。

「是的，是的，我告訴你了。不存在無限。如果宇宙是無限的，那麼物質的平均密度就必須等於零；可是，既然我們知道它不是零，那麼宇宙就必定是有限的；它是球形的，它的半徑平方——r^2——就相當於平均密度乘以……剩下的就是計算出這個係數了，然後……你知道它的意義嗎？這意味著所有東西都是有限的，都是簡單的……可是你呀，我尊敬的先生，你影響了我，你大喊大叫的，妨礙了我完成計算！」

我不知道是哪件事更令我崩潰，是他的發現呢，還是他對我豁然開朗的時刻所做的描述呢？不過，這時我才注意到，他手裡拿著一本筆記本，還有一張對數表。我意識到，哪怕所有事物都毀滅了，我也有責任完成我的筆記（好把它留給你們呀，我未知的、親愛的讀者們）。

我請求他給我幾張紙，就在這間休息室裡，在像水一樣透明的清幽樂聲陪伴下，我寫下最後這些話。我打算畫上一個句號，就像古代人在扔進死者屍體的洞穴前插上一個十字架一樣。突然，鉛筆顫抖起來，從指間滑落……

「聽著！」我拉了拉我的鄰居，「聽著，我問你。你說的那個有限宇宙結束的地方有什麼？它又在哪裡呢？」他已來不及回答。上面傳來行進的腳步聲……

筆記之四十

事實
氣鐘罩
我堅信

現在是白天。天氣很好，氣壓計顯示七百六十公釐。有沒有可能我，D-503號，真的寫下了這些筆記呢？難道我真的感覺到過，或者想像自己感覺到過這一切嗎？

筆跡是我的。所有東西都是以我的筆跡寫下的。幸運的是，和我相同的只有筆跡而已。現在，我可再也不會寫什麼瘋狂，什麼荒謬的比喻，什麼感覺了——我只會記錄事實。這是因為我是健康的——完全的、絕對的健康……我正在微笑呢，我總忍不住想微笑，我腦袋裡有個小東西被摘掉了，感覺真輕鬆啊，心裡空蕩蕩的！精準地說，不是空蕩蕩的，而是再也沒有什麼陌生的東西了，所有可能妨礙我微笑的東西都不存在了（微笑是一個正常人應有的正常狀態嘛）。

那麼，以下就是我記錄的事實了：那天晚上，我和我那發現了宇宙有限性的鄰居，還有其他沒有手術完成證明的人，都被帶到附近的禮堂（不知為何，我總覺得這間禮堂的號碼「112」有點熟悉）。在那裡，他們把我們綁在桌子上，進行了偉大的手術。第二天，我，D-503號，出現在無所不能者面前，坦白了我知道的一切關於幸福的敵人的情況。為什麼以前我始終難以做到這一點呢？這真令我百思不得其解。唯一的解釋就是我病了——靈魂病。

還是在那天晚上，我和無所不能者坐在同一張桌子邊，有生以來第一次看到著名的氣鐘罩。他們把那個女人帶了進來，當著我的面對她取供。不過她始終固執地沉默著，微笑著。我注意到她尖銳、潔白的小牙齒怪好看的。

然後，她被送進氣鐘罩。她的臉變得非常白，配上又黑又大的眼睛，真是好看極了。他們從鐘罩下把空氣抽走。她把頭朝後仰，眼睛半閉，嘴唇緊緊抿著。不知為何，這好像讓我想起了什麼。她用力抓住椅子扶手，看著我。她一直看著我，直到眼睛再也睜不開。然後，她從裡面被帶出來，透過電擊弄醒，然後又放回罩子下。這樣的程序重複三遍，但她還是一字不說。

其他跟那個女人一起被帶來的人就誠實多了，他們之中許多人在第一次審訊後就開了口。明天，他們全都得登上通往無所不能者的死刑機的臺階。這件事刻不容緩，因為城市的西面仍舊一片混亂，那裡到處是呻吟聲、屍體和野獸；此外，令我們感到遺憾的是，背叛理性的號碼數量還不止這些呢。

不過，在橫貫城市的第四十大街上，我們成功地豎了道臨時高壓電牆。我希望我們獲勝。不止如此；我堅信我們終將獲勝。因為理性必勝。

廣　告　回　函
板橋郵政管理局登記證
板橋廣字第143號

郵資已付　免貼郵票

野人

231
新北市新店區民權路108-2號9樓
野人文化股份有限公司 收

請沿線撕下對折寄回

野人

書名：我們　書號：0NGA1018

好野人部落格
http://yeren.pixnet.net/blog

野人文化粉絲專頁
http://www.facebook.com/yerenpublish

姓　名　　　　　　　　　　　　　　□女　□男　生日

地　址

電　話 公　　　　　　　　宅　　　　　　　　手機

Email

學　歷 □國中（含以下）□高中職　□大專　□研究所以上

職　業 □生產／製造 □金融／商業 □傳播／廣告 □軍警／公務員
□教育／文化 □旅遊／運輸 □醫療／保健 □仲介／服務
□學生 □自由／家管 □其他

◆你從何處知道此書？

□書店　□書訊　□書評　□報紙　□廣播　□電視　□網路
□廣告DM　□親友介紹　□其他

◆你通常以何種方式購書？

□逛書店　□網路　□郵購　□劃撥　□信用卡傳真　□其他

◆你的閱讀習慣：

□百科　□生態　□文學　□藝術　□社會科學　□地理地圖
□民俗采風　□休閒生活　□圖鑑　□歷史　□建築　□傳記
□自然科學　□戲劇舞蹈　□宗教哲學　□其他

◆你對本書的評價：（請填代號，1. 非常滿意　2. 滿意　3. 尚可　4. 待改進）

書名_____封面設計_____版面編排_____印刷_____內容_____
整體評價_____

◆你對本書的建議：